864

Conserve été courrites

LA

VIE MILITAIRE

sous

LE PREMIER EMPIRE

ÉVREUX, IMPRIMERIE DE CH. HÉRISSEY

LA

VIE MILITAIRE

SOUS

LE PREMIER EMPIRE

OU

MŒURS DE GARNISON, DU BIVOUAC ET DE LA CASERNE

PAR

E. BLAZE

OFFICIER DE LA GRANDE ARMÉE

PARIS

A LA LIBRAIRIE ILLUSTRÉE

7, RUE DU CROISSANT, 7

PRÉFACE

Les derniers survivants de la Grande
Armée sont aujourd'hui morts. Le type
disparu, bientôt s'effacerait aussi le souvenir de cette étonnante race de soldats, si
quelques-uns d'entre eux n'avaient écrit,
dans la retraite, les mémoires de leur vie
militaire. Leurs récits sont précieux, ils
animent et colorent l'histoire; ils nous per-
mettent de juger ce que furent les acteurs
du drame prodigieux, d'entrevoir leurs pen-
sées, leurs sentiments, leurs caractères, de
même que nous retrouvons leurs uniformes,
leurs allures, leurs visages noircis de
poudre dans les lithographies de Raffet et
de Charlet.

1

Déjà les *Cahiers du capitaine Coignet,* découverts et publiés par M. Lorédan Larchey, avaient fixé d'un trait singulièrement vigoureux et précis le type du soldat de l'Empire. Voici maintenant le récit d'un autre témoin, et d'un témoin tout à fait différent du premier. Elzéar Blaze n'a rien de commun avec Coignet, si ce n'est la bravoure : c'est un homme d'une autre nature, d'une autre éducation, d'un autre esprit.

Coignet, ancien domestique de ferme, conscrit de Marengo, illettré[1], frappe vivement l'esprit par la sincérité naïve de ses récits. Il écrit à soixante-douze ans, mais l'attention pénible, concentrée, qu'il avait apportée quinze ans durant à tous les détails de son service, fait qu'il revoit les événements avec une netteté singulière, et semble les vivre une seconde fois. Grenadier incomparable, Coignet prend tout fu-

---

[1] Il apprit à lire à 33 ans, pour passer caporal.

rieusement au sérieux : l'exercice, la théorie, la corvée même lui paraissent le dernier mot des choses ; il aime l'empereur avec une sorte d'emportement lyrique.

Parmi les Arabes qui furent les premiers compagnons de Mahomet, il n'y eut certes pas un croyant plus simple et plus obstiné, une tête mieux serrée dans le casque étroit du fanatisme.

Elzéar Blaze semble bien, lui, le contraire d'un fanatique et l'opposé d'un grognard. C'est un jeune officier sorti de Fontainebleau (le Saint-Cyr d'alors), un sous-lieutenant de bonne mine, d'humeur joviale et passablement sceptique. Non pas qu'il n'ait un sentiment très élevé de l'honneur et du devoir militaire ; on verra ce sentiment se faire jour avec éloquence dans plusieurs de ses pages ; mais il garde son sang-froid ; à aucun moment, sauf dans sa première jeunesse, il ne se laisse *emballer* par la gloire. La gloire ! Coignet en prononce le nom comme un prédicateur celui de Dieu ;

E. Blaze ne la nomme qu'avec un demi-
sourire. Il est clair qu'il la voit comme une
personne pleine d'attraits et de perfidie,
dont il goûte la beauté, mais dont il ne
sera pas la dupe.

Elzéar Blaze naquit à Cavaillon vers 1787.
Son père, Henri Sébastien Blaze, après
avoir été avocat, puis notaire à Avignon,
s'était acquis une certaine célébrité comme
compositeur de musique et était lié d'amitié avec Méhul et Grétry. M. Blaze père
avait d'autres fils, notamment Castil Blaze,
qui fut l'auteur de nombreux livrets d'opéra,
entre autres des *Noces de Figaro* et du *Bar-
bier de Séville* qu'il ajusta sur la musique
de Mozart et de Rossini.

Elzéar Blaze atteignait ses dix-huit ans
en 1805, l'année d'Austerlitz ! Les premières
pages de son livre, écrites à trente-deux
ans de distance, sont chaudes encore de
son premier enthousiasme : « Il faut avoir
été militaire à cette époque pour imaginer
ce que l'uniforme contenait de magie. Quel

avenir bouillonnait dans toutes les jeunes têtes coiffées pour la première fois d'un plumet ! » L'état militaire s'appelait alors « *la carrière de la gloire* », tous s'y jetaient avec ferveur. L'École de Fontainebleau, encombrée, fermait ses portes au plus grand nombre. Dans son impatience d'endosser l'uniforme, le jeune Blaze s'engagea aux vélites de la garde impériale [1] ; là il put à son aise faire l'exercice et monter la garde, en attendant son tour d'entrée à l'École militaire. Ce tour vint bientôt, car il y avait à cette époque de larges brèches à boucher dans les corps d'officiers : l'an d'après, Elzéar Blaze était promu sous-lieutenant, on devine avec quel orgueil, et dirigé sur l'armée qui cantonnait en Prusse, se refaisant après l'effort d'Eylau.

---

[1] On entrait aux Vélites en justifiant d'une certaine éducation ; de plus, il fallait payer une pension de 200 francs dans l'infanterie, de 300 dans la cavalerie ; on avait en échange l'honneur d'être soldat dans la garde, et la promesse de devenir officier quatre ans après.

Il fit comme sous-lieutenant et lieutenant les campagnes de Pologne, d'Allemagne et d'Espagne. Le grade de capitaine ne lui vint qu'en 1814, alors que tous les rêves de gloire étaient bien finis.

En 1818, comme le capitaine Blaze servait à Valenciennes, au 1er régiment d'infanterie, il arriva que sa bonne mine et son humeur joyeuse (peut-être aussi les petits vers qu'il aimait à tourner dans le goût classique) séduisirent une riche veuve dont il obtint la main.

Elzéar Blaze prit sa retraite après les journées de Juillet 1830 ; il était alors chef de bataillon. Ses opinions, qui l'attachaient à la monarchie de Charles X, l'indépendance de fortune qui lui venait de son mariage, une blessure aussi qu'il avait reçue en combattant dans les rues de Paris, toutes ces causes l'engageaient à quitter le service. Il se retire à Chénevières-sur-Marne, dont par la suite il devient maire, et se livre tout entier à sa grande passion, la chasse.

C'est alors que l'idée lui vient d'écrire.
Il publie tout d'abord une série d'ouvrages
cynégétiques dont plusieurs sont restés clas-
siques : le *Chasseur au chien d'arrêt* ; le *Chasseur au chien courant* ; le *Chasseur aux filets* ;
le *Chasseur conteur* ; l'*Histoire du chien*.

La *Vie militaire sous l'Empire* fut publiée
en 1837. Il est probable qu'à cette époque
le livre eut peu de succès. On était encore
trop près des campagnes de l'Empire, on
en voyait chaque jour les survivants, et
leurs récits de guerre étaient dans toutes
les bouches : un narrateur de plus devait
passer inaperçu.

Toujours est-il que le livre d'Elzéar Blaze
fut vite oublié, et qu'il est devenu à peu
près impossible d'en rencontrer un exem-
plaire. Mais le recul des années, la passion
qui de nos jours entraîne les esprits vers
les époques heureuses de nos annales militaires, la nécessité de fixer les détails d'une
légende glorieuse, font qu'aujourd'hui cette
édition nouvelle vient à son heure.

1

Tout ce qui touche à la vie militaire y
a été conservé scrupuleusement. Seules,
les longues digressions purement littéraires,
les poésies fugitives, les innombrables cita-
tions latines auxquelles l'auteur se plaisait
ont dû être omises : elles eussent rendu la
lecture du livre laborieuse pour un esprit
contemporain.

Mais revenons à la vie militaire d'Elzéar
Blaze :

Nous l'avons vu rejoindre l'armée au
lendemain de la bataille d'Eylau. — Dès
le début son enthousiasme en a dans l'aile :
« Nous commençâmes, dit-il, à comprendre
que la guerre pouvait bien ne pas être la
plus belle chose du monde. »

Cette première impression de désenchan-
tement, Blaze semble bien l'avoir conservée,
discrète et tenace, tout au long de sa carrière militaire. Il fera son service avec méthode et son devoir avec bravoure, parce
qu'il est naturellement brave, mais la colère aveugle et frémissante, mais l'ivresse

sacrée des héros, ne viendront jamais troubler cet esprit calme, observateur, un peu narquois.

Il faut reconnaître aussi que vers 1807 l'esprit de l'armée avait changé. Qu'elles étaient loin, les vertus austères de l'armée du Rhin, les rudesses républicaines de l'armée d'Italie ! On n'allait plus au feu avec l'âpre joie du sacrifice au pays menacé, mais bien pour le plaisir de se battre, pour l'avancement, pour l'orgueil de marcher sur les pas d'un grand homme. La Victoire, poursuivie jadis avec tant de fougue, était devenue comme une maîtresse trop aimante, dont la fidélité ne fait plus de doute, et qu'on peut traiter avec sans-gêne.

Puis la courtisanerie s'en mêlait : les fils des grandes familles arrivaient chaque jour de l'école de Fontainebleau, encombraient des états-majors, faisaient un chemin rapide à la barbe des héros basanés d'Egypte et d'Italie. L'art des courbettes et des flatteries savantes, oublié depuis Versailles, se reprenait à fleurir entre deux combats, dans les baraques rustiques des maréchaux.

Arrivant dans ce milieu, que fit le sous-lieutenant Blaze? Il ne perdit pas de temps en réflexions chagrines, et se livra au penchant très décidé qu'il avait pour la gaieté. La vie aventureuse qu'on menait alors avait ses jours de peine, ses jours de joies imprévues et rapides, d'autant plus savoureuses. Avec un bel entrain juvénile, Blaze se jeta sur les plaisirs qu'il put prendre au passage : fêtes dans les châteaux, bals, comédies improvisées, parties fines entre sous-lieutenants. Par-dessus tout il aima faire la cour aux dames. Quelle ferveur dans le récit de ses bonnes fortunes, et comme l'on comprend que tant de Polonaises, d'Allemandes et d'Espagnoles, aient mal résisté à cet audacieux militaire !

Mais la guerre et les plaisirs n'empêchaient pas Elzéar Blaze d'observer autour de lui, et de recueillir, à son insu, les éléments de son livre futur.

Ce livre fait défiler, dans une série de tableaux d'une sincérité pénétrante, toute la vie militaire de cette époque, avec ses trivialités, ses brutalités, ses vaillances ; on y revoit cette histoire épique des guerres impériales sous un aspect nouveau, ainsi qu'a pu la voir un officier subalterne, de la place où la discipline le fixait. Certaines descriptions, telles qu'un jour de bataille, une revue passée par l'empereur, la marche en colonne d'une division, un bivouac, forment des visions d'une incomparable netteté. Çà et là, quelques portraits s'enlèvent en vigueur, avec la pointe d'ironie tranquille qui n'abandonne jamais Blaze : c'est le lieutenant Laborie, qui ne voulait pas qu'un homme eût du mérite s'il ne s'était battu dans la plaine d'Eylau ; c'est madame Fromageot, la cantinière, dont le cœur se gagne à coups de sabre ; M. Héméré, « l'amateur de jouissances physiques » ; et le brave Kuhman, qui s'attendrissait à la vue d'un soldat au port d'armes ; et le sergent Roussel, instructeur consciencieux, qui s'était fait une originalité bien à lui *en ne jurant pas !*

Enfin nous retrouvons là, droit sur ses jarrets, le grand homme des régiments d'alors, le duelliste !... Chez ces soldats toujours en campagne, l'habitude de voir et de braver la mort avait développé comme une passion du danger. Les duels étaient de tous les jours ; on s'alignait sous les prétextes les plus minces, et même sans prétexte, car nombre de ces ferrailleurs chérissaient les coups de sabre pour euxmêmes, en artistes...

Aujourd'hui nous aurions peine à croire à cette folie du fer, si les maréchaux de l'Empire eux-mêmes n'en avaient laissé des exemples historiques. Le soir de la première journée d'Essling, Napoléon dut intervenir entre Lannes et Bessières, qui déjà tiraient l'épée. Ces deux braves, après être restés tout le jour sous le feu de trois cents pièces de canon, épuisés de fatigue, allaient se jeter furieusement l'un sur l'autre ; et pour quelle cause ? Bessières avait reçu de Lannes l'ordre de charger à fond... *A fond* lui semblait une injure insupportable.

Mais un duel légendaire fut celui des généraux Fournier et Dupont, lequel dura dix-neuf ans ! Ils avaient commencé à Strasbourg, étant tous deux capitaines. Contents l'un de l'autre, ils s'étaient rencontrés une seconde fois, puis une troisième... Bref, une transaction honorable fut signée, stipulant ce qui suit : « Chaque fois que MM. Dupont et Fournier se trouveront à trente lieues de distance l'un de l'autre, ils franchiront chacun la moitié du chemin pour se donner un coup d'épée [1]. » Et durant dix-neuf ans, ce pacte fut religieusement exécuté par les deux adversaires, devenus à

[1] Colombey. *Histoire anecdotique du duel.*

force de se battre les plus chauds amis du monde !

Nous avons dit en commençant quelles profondes différences de tempérament et d'éducation existaient entre Elzéar Blaze et le capitaine Coignet. Les observations de deux témoins aussi disparates, quand elles se trouvent identiques, acquièrent une valeur indiscutable. Voici quelques-unes de ces observations communes aux deux auteurs :

Blaze et Coignet, d'un accord unanime, se félicitent du bon accueil fait à l'armée par les Allemands. (Les *bons* Allemands, dit Blaze.) Leurs prévenances, paraît-il, étaient touchantes ; ils nourrissaient le soldat avec une ponctualité méritoire... Il est à croire que les Allemands réservent leurs gracieusetés à ceux qui viennent en vainqueurs, car les prisonniers de 1870 ont fait d'eux un portrait moins aimable.

Blaze et Coignet se rencontrent encore dans une commune admiration du général Dorsenne, que tous deux ont pu voir au feu. Si la froide bravoure du général n'était demeurée légendaire, ces deux livres suffiraient à faire revivre sa figure intrépide. Dorsenne était considéré comme un modèle inimitable de force d'âme et de sang-froid [1]. — Que devait être cet homme assez brave pour soulever l'admiration de la Grande Armée !

Le type du troupier français, tel qu'il s'est montré durant cette période glorieuse, se retrouve exactement le même dans les cahiers de Coignet et dans les souvenirs de Blaze. Et voici, d'après ces deux connaisseurs, comment on peut se figurer un soldat de l'Empereur :

[1] On ne pouvait pas voir de plus beau guerrier sur un champ de bataille. Je l'ai vu couvert de terre par des obus. Une fois relevé, il disait : « Ce n'est rien grenadiers, votre général est près de vous. » (Les cahiers du capitaine Coignet).
Voir E. Blaze, chap. VII.

Les qualités de ce soldat ont fait assez de
bruit par l'Europe pour qu'on dise tout
d'abord ses défauts :

La maraude est son péché mignon ; dès
le premier jour d'une campagne, il montre
une tendance à l'indiscipline, aimant à dis-
cuter les ordres, grognant contre les efforts
qu'on lui demande s'il les juge inutiles, et
souvent il y voit très clair. L'obéissance
passive, telle qu'on l'obtient dans d'autres
armées, lui est à peu près inconnue : s'il se
donne complètement à son chef, c'est que
celui-ci, d'abord, a conquis sa confiance et
son amitié ; mais alors l'officier peut demander l'impossible à ses hommes, il est
obéi avec une ardeur passionnée, avec une
fougue de dévouement qu'aucune discipline
ne saurait donner.

D'ailleurs, au premier coup de canon, le
soldat comprend qu'il y va de l'honneur ;
il devient tout élan...

Ce sentiment de l'honneur était alors porté
à l'extrême : on lira dans le livre de Blaze

la cérémonie de la *Savate,* et comment les soldats, jaloux de faire justice eux-mêmes, châtiaient les poltrons, ou ceux-là même dont le courage avait paru tiède.

« Je ferais dix volumes, écrit Elzéar Blaze, « avec les traits de bravoure dont je fus té- « moin... et cela dans tous les rangs, dans « tous les grades, depuis le roi Murat jus- « qu'au simple fusilier, depuis le général Dor- « senne jusqu'au tambour. » — Et Blaze, on le verra, n'avait guère l'enthousiame facile !

Des corps entiers s'immolaient d'un même élan. A Krasnoï, le 1ᵉʳ voltigeurs de la garde périt sur place en protégeant la retraite, sans que la cavalerie, l'infanterie ni la mitraille réussissent à l'ébranler [1]. — A Borodino, le colonel du 61ᵉ de ligne se tenait devant la redoute, où il avait longtemps combattu. « Qu'avez-vous fait d'un de vos « bataillons? lui demanda l'empereur. — « Sire, il est dans la redoute. »

[1] Voir les Mémoires du Général Rapp.

2

Ne pourrait-on pas dire, d'une telle floraison de bravoure, qu'elle fut l'excuse et la véritable raison d'être de ces vingt années de guerres sanglantes ? — Pendant vingt ans, notre nation sut fournir du dévouement, du sacrifice, de l'enthousiasme, assez pour s'assurer un éternel renom de noblesse. Au bout de cette longue carrière de carnage, le sang français coulait aussi généreux qu'au premier jour, et les recrues de Lutzen valaient les vétérans d'Egypte. — « L'honneur, leur sortait par tous les pores... »

Le charme d'un livre comme celui-ci, c'est qu'on y entrevoit, parmi des récits sans emphase, à travers l'ironie presque constante de l'auteur, un reflet de la belle vision de gloire qui dans ce temps ravit la France. Une bouffée d'orgueil monte de ces pages ; on y trouve des raisons nouvelles de croire en la vigueur de notre race, et d'espérer.

L. B.

1

L'ÉCOLE MILITAIRE DE FONTAINEBLEAU

Sous l'Empire, on pouvait entrer au service de trois manières différentes : en s'engageant comme soldat, c'était la plus simple et la moins chère ; en s'enrôlant dans les vélites, ou bien en se faisant admettre élève à l'école militaire de Fontainebleau.

L'école militaire de Fontainebleau montrait ses portes ouvertes pour 1,200 francs par an ; mais la foule des jeunes gens les encombrait, tout le monde ne pouvait pas les franchir.

Ceux qui n'avaient point le temps d'attendre leur tour d'admission entraient dans les vélites ; c'était plus pénible, on atteignait plus difficilement l'épaulette, mais on portait plus vite l'uniforme ; à dix-huit ans, c'est quelque chose. Il faut avoir été militaire à cette époque pour imaginer ce que l'uniforme contenait de magie. Quel avenir bouillonnait dans toutes les jeunes têtes coiffées pour la première fois d'un plumet !

Une chose nous inquiétait : Diable ! disions-nous, si Napoléon s'arrêtait en si beau chemin, si par malheur il allait s'aviser de faire la paix, adieu toutes nos espérances ! Heureusement nos craintes ne se sont pas réalisées, car il nous a taillé de la besogne plus que nous n'en avons pu faire.

Bien des vélites s'ennuyaient de la vie de soldat ; pour devenir plus tôt officiers ils passaient à l'école militaire de Fontainebleau ; d'autres, après avoir demandé leur admission à l'école où les places étaient prises, poussés par l'impatience de revêtir l'uniforme au plus vite, entraient aux vélites, où les rangs élastiques s'ouvraient toujours pour un nouveau venu. J'étais du nombre de ces derniers. Mon tour arriva pour aller à Fontainebleau...

Le général Bellavenne était gouverneur de l'école militaire de Fontainebleau. Tous ceux qui l'ont connu peuvent dire que cette place semblait avoir été créée pour lui. Nous le trouvions sévère, et nous avions tort : lorsqu'on a six cents têtes de dix-huit ans à conduire, il est difficile d'en venir à bout sans une grande sévérité. Son *alter ego*, le brave Kuhman, le secondait à merveille. Cette épithète de *brave* lui fut donnée par un homme qui s'y connaissait, par Napoléon lui-même. C'était un bon, excellent Alsacien, baragouinant le français, à cheval sur la discipline, et ne rêvant qu'exercice. Je le vois encore sur sa porte, au moment où le bataillon prenait les armes, se grandissant de trois pouces, et criant : « Levez les « têtes, levez les têtes, immobiles ! l'immobi- « lité, c'est le plus beau mouvement de l'exer- « cice ! »

L'antiquaire qui voit le Parthénon ou les ruines de Balbeck, le peintre placé devant les chefs-d'œuvre de Raphaël ou de Michel-Ange, le dilettante assis au parterre du Théâtre-Italien, le chasseur en face de son chien en arrêt, éprouvent un plaisir moins vif que le brave Kuhman voyant manœuvrer un peloton suivant les principes. Quand un mouvement était bien exécuté, quand une conversion s'opérait d'une manière exacte et précise, des larmes, s'échappant de ses yeux, venaient couvrir sa figure noircie par la poudre à canon ; il ne pouvait trouver une parole pour exprimer sa satisfaction ; il contemplait son ouvrage, et s'admirait lui-même. « Rien n'est beau, disait-il quelque-« fois, comme un soldat au port d'armes. Im-« mobile, la tête droite, le haut du corps en « avant, c'est superbe ! c'est magnifique ! c'est « touchant ! »

A cinq heures du matin, le tambour nous réveillait. Les cours d'histoire, de géographie, de mathématiques, de dessin et de fortification, nous occupaient d'heure en heure ; on se délassait en changeant de travail, et, pour varier nos plaisirs, quatre heures d'exercice, habilement ménagées, bigarraient notre journée d'une manière fort agréable ; de sorte que, en nous couchant, nous avions la tête remplie des héros de la Grèce et de Rome, de rivières et de montagnes, d'angles et de tangentes, de fossés et de bastions. Tout cela s'embrouillait un peu dans notre esprit, l'exercice seul était du positif : nos épaules, nos genoux et nos mains nous empêchaient de le confondre avec le reste.

Les romans étaient prohibés à l'école militaire, un de nos officiers les avait en horreur. Lorsqu'il se promenait dans les salles d'étude, il confisquait tout ce qui lui paraissait faire partie de la bibliothèque bleue. Il connaissait le titre des livres que nous devions avoir, le reste était réputé roman, mis à l'index, saisissable et de bonne prise.

Les élèves devaient savoir le latin ; on ne l'apprenait pas à l'école, par conséquent Virgile ne se trouvait point sur le catalogue de notre officier. Un soir, dans la salle d'étude, je lisais l'*Énéide* ; il passe derrière moi, saisit mon livre comme un vautour enlèverait un rossignol :

— Encore un roman ! s'écrie-t-il d'un air de triomphe.

— Vous vous trompez, c'est Virgile.

— De quoi parle-t-il, ce Virgile ?

— Du siège de Troie, de guerres, de batailles...

— Troie ! Troie ! c'est fabuleux ; encore un roman, je le disais bien. Lisez l'*École du Peloton*, voilà le meilleur livre pour former la jeunesse. S'il vous faut des distractions, imitez votre voisin. Il s'instruit, c'est un jeune homme qui s'occupe utilement ; s'il quitte la lecture, d'ailleurs si intéressante, du règlement de 1794, c'est pour des livres de philosophie ; il ne perd pas son temps comme vous à lire des fadaises. » Or, le voisin lisait *Thérèse Philosophe*.

« Voyez comme tous ces élèves sont malins ! pour me dérouter, ils font imprimer des romans en chiffres. » C'est ce que disait notre brave officier en confisquant les *Tables de Logarithmes*.

Notre ordinaire, à l'école, ressemblait à celui des soldats à la caserne : le pain de munition, la soupe, et des haricots alternant avec des lentilles : c'était le nécessaire sans superflu, comme vous voyez.

Nous allions une fois par semaine dans la forêt de Fontainebleau, soit pour lever des plans, soit pour manœuvrer le canon. Les officiers d'artillerie ou les professeurs de mathématiques avec qui nous étions ce jour-là, beaucoup plus indulgents que les officiers chargés de la police de l'école, nous permettaient de rendre des visites à une nuée de garçons pâtissiers, traiteurs, rôtisseurs, qui nous entouraient avec des corbeilles remplies de très bonnes choses dont la privation augmentait encore le prix.

Semblables aux gens qui vont se griser hors barrière, nous ne pouvions rien introduire en fraude que dans notre estomac. En rentrant, nous étions toujours examinés par des yeux perçants, fouillés par des mains habiles, et l'on punissait les contrebandiers. Cependant il était désagréable, après avoir eu les volailles, les

pâtés et les jambons à discrétion pendant un
jour, de retomber le lendemain au plat de lentilles au naturel. La différence était énorme,
beaucoup trop tranchée ; pour la faire dispa-
raître sous des demi-teintes insensibles, et pour
prolonger nos jouissances gastronomiques, j'in-
ventai les *pâtés de Giberne*. Cette sublimité
m'attira de la part de mes camarades les éloges
les plus flatteurs, et plaça mon nom parmi ceux
des bienfaiteurs de l'école.

Vous savez ou vous ne savez pas comment est
construite une giberne : c'est une boîte de cuir
contenant un morceau de bois percé de trous
pour recevoir des cartouches. En sortant de
l'école, nous avions nos fusils et nos gibernes,
mais elles étaient vides. Un jour que, dans la
forêt de Fontainebleau, je traitais avec tout le
sérieux convenable certaine affaire avec un garçon pâtissier, une idée lumineuse traversa mon
cerveau : l'homme le plus ordinaire a quelquefois des éclairs de génie. J'ôtai le bois dont je
viens de parler ; en le présentant au gâte-sauce,
je lui dis de nous faire des pâtés ayant précisé-

ment cette forme. Je prévins tous mes camarades. Huit jours après, chacun, avant de partir,
laissa le bois percé de trous sous son lit, et nous
rentrâmes, tambour battant, avec un pâté de
contrebande, que nous eûmes le plaisir de
dérober aux regards de tous les douaniers de
l'école. Nous recommencions toutes les semaines.

Pendant le temps de mon séjour à Fontainebleau, le secret fut bien gardé. Je ne sais ce qui
s'est passé plus tard ; mais, comme tout prend
fin dans le meilleur des mondes possible, même
les choses les plus utiles, les pâtés de giberne
doivent avoir eu leur jour néfaste.

Les duels étaient fréquents à l'école militaire.
Avant mon arrivée, on se battait à la baïonnette ; mais, un élève ayant été tué, cette
arme fut supprimée. Cela n'empêcha rien :
on se procurait des morceaux de fleurets, et au
besoin on attachait des compas au bout d'un
bâton ; le tout pour se donner un air *crâne*.
Lorsque, par un duel, on avait acquis ce titre,
et qu'on pouvait le joindre à celui de fumeur,
on était à l'apogée de la gloire.

Un beau jour, dans une revue, le général
Bellavenne proclama le nom de ceux qui le
lendemain devaient partir pour l'armée. Oh !
que d'émotions pendant qu'il lisait sa liste !
nos cœurs battaient à briser nos poitrines.
Quelle joie parmi les élus ! quelle anxiété parmi
ceux dont les noms n'étaient pas encore pro-
noncés ! Endosser un frac d'officier, porter
l'épaulette, ceindre une épée, oh ! les belles
choses quand on a dix-huit ans ! Nous étions
soldats, un instant après nous devenions officiers : un mot avait produit cette heureuse
métamorphose. L'homme est toujours enfant,
à tout âge il a besoin de hochets ; il s'estime
souvent selon l'habit qu'il porte : il a peut-
être raison, puisque la foule juge d'après l'habit. Quoi qu'il en soit, avec nos épaulettes de
sous-lieutenant, nous pensions être quelque
chose.

Un capitaine de l'école était chargé de nous
conduire au quartier général de l'Empereur.
Nous allions en poste, à ce qu'on disait ; le
fait est qu'on nous entassait par douzaines dans

des charrettes, et qu'en marchant au pas depuis

le matin jusqu'au soir, nous faisions deux étapes
par jour.

Dans toutes les villes, notre plus grande occupation était de nous faire porter les armes par les sentinelles ; rien n'était drôle comme le sérieux et surtout l'indifférence que nous affections en les saluant ; tous les vieux soldats, devant qui nous passions et repassions sans cesse, durent bien se moquer de notre enfantillage.

C'est dans la patrie de Copernic, à Thorn, que nous nous aperçûmes du voisinage de la Grande Armée. Cette ville, encombrée des dépôts de presque tous les régiments, avait la moitié de ses maisons transformées en hôpitaux. Il fallut se loger dans des greniers ou dans des écuries ; le juste-milieu n'existait pas. Nous commencions à comprendre que la guerre pouvait bien ne pas être la plus belle chose du monde.

L'armée occupait alors les cantonnements qu'elle prit après la bataille d'Eylau, gagnée par les Français..... et par les Russes, à ce qu'ils dirent. Napoléon était à Finkenstein, passant des revues, réparant les pertes du mois de février, communiquant à tous son extraordinaire activité. C'est là que, pour la première fois, je vis cet homme étonnant, dont les uns ont voulu faire un dieu, et que certains imbéciles ont traité de sot. Il a prouvé qu'il n'était ni l'un ni l'autre. Les jugements portés sur lui jusqu'à ce jour ont été trop près des événements pour être exempts de partialité. De longtemps encore on ne pourra faire une bonne histoire de Napoléon : il faut pour cela que les contemporains et leurs fils soient morts, que l'enthousiasme soit refroidi, que les haines soient éteintes. Alors, et seulement alors, un homme exempt de passions, consultant les milliers de volumes écrits et ceux qu'on écrira, pourra trouver la vérité dans le puits. Pour aider à cette construction, j'apporte un grain desable.

II

LE BIVOUAC ET LES MARAUDEURS

Nous voilà dans une belle plaine, labourée
par l'artillerie, piétinée par la cavalerie ; il a
plu tout le jour. C'est ici que nous allons coucher.

Lorsqu'on est au bivouac, en face de l'ennemi,
chacun se couche tout habillé, chacun dort
pour ainsi dire les yeux ouverts ; il faut être
prêt à tout événement. Quelquefois il nous est

3

arrivé de rester un mois sans ôter nos bottes,
ce qui ne laisse pas que d'être fort gênant.
Quelquefois aussi, lorsqu'on était couché, l'envie
nous prenait de déboutonner l'habit, et puis le
pantalon ; on desserrait une boucle, et puis une
autre, ensuite il fallait plus de temps pour
remédier à ce petit désordre, que si l'on s'étai
complètement déshabillé. Quand la saison est
froide, tout le monde se couche auprès du feu ;
mais on se grille d'un côté tandis qu'on gèle
de l'autre ; on a bien la ressource de se retour-
ner comme saint Laurent, mais ce n'est pas du
tout commode.

Le moment du réveil au bivouac n'est jamais
amusant : on a dormi parce qu'on était fatigué ;
mais en se levant les membres sont engourdis,
les moustaches, semblables à des touffes de
luzerne, portent à chaque poil des gouttes de
rosée ; les dents sont resserrées, il faut se frotter
longtemps les gencives pour y rétablir la circulation.

Ces petits inconvénients arrivent toujours,
même lorsque le temps est beau ; mais lors-

qu'il pleut, ou lorsqu'il fait froid, la situation se complique beaucoup, et voilà pourquoi les héros ont la goutte et des rhumatismes.

Ceux qui n'ont pas fait la guerre ne pourront jamais se former une idée des maux qu'elle entraîne après elle. Je n'en donnerai pas une entière description, elle dépasserait les bornes que je me suis prescrites. Je dirai seulement deux mots sur notre vie au bivouac et sur le gaspillage qui se faisait à l'armée. Nous vivions de ce que les soldats *trouvaient*, et ce n'était pas possible autrement : nos marches si vives empêchaient nos magasins de nous suivre, quand nous avions des magasins. Dans les pays riches, on apportait au camp vingt fois plus de provisions qu'il n'était possible d'en consommer, le reste se perdait.

Le soldat vit au jour le jour; hier il manquait de tout, aujourd'hui il est dans l'abondance.

On entre dans une cave où vingt tonneaux présentent leur front de bataille imposant et majestueux; on n'a point d'outils pour les mettre en perce, mais les soldats ne sont jamais

embarrassés : ils tirent des coups de fusil à
travers, et bientôt vingt fontaines de vin jail-
lissent de toute part, aux grands éclats de
rire des assistants. Cent tonneaux seraient dans
la cave, qu'on les percerait à la fois, car enfin il faut pouvoir goûter le meilleur.

La grande réponse des pillards d'une armée
est celle-ci : « J'ai faim, je cherche du pain. »
Cette phrase est sans réplique, comme le *sans dot*
d'Harpagon. Quand on ne peut pas leur donner du pain, il faut les laisser faire. Les cavaliers ont une double excuse : ils cherchent
du fourrage pour leurs chevaux. Un cuirassier
fut surpris par son capitaine pendant qu'il
fouillait une armoire.

— Que fais-tu là? lui dit l'officier en colère.

— Je cherche de l'avoine pour mon cheval.

— L'endroit est bien choisi !

— J'ai déjà trouvé dans la bibliothèque du
paysan [1] une botte de foin enveloppée d'un

---

[1] Les soldats appellent paysan tout ce qui n'est pas
militaire.

— Mon lieutenant, me disait un jour mon Philistin

millier de feuilles de papier, pourquoi ne ren-
contrerais-je pas de l'avoine dans cette armoire?

Le brave cuirassier avait pillé l'herbier d'un
amateur de botanique sans y voir autre chose
qu'une botte de foin pour son cheval.

Dans chaque régiment, dans chaque compagnie, il existait des maraudeurs déterminés
qui voyageaient sur les côtés de la route, à
deux ou trois lieues de la colonne. Quelquefois
ils étaient attaqués par l'ennemi; mais on
peut dire que l'intelligence du soldat français
égale sa bravoure. Ces messieurs choisissaient
entre eux un chef qui commandait en dic-
tateur, et souvent ces généraux improvisés
ont livré des combats sérieux et remporté des
victoires.

Lorsque l'armée anglaise du général Moore

(c'est ainsi que nous nommions le soldat qui nous
servait de domestique), un paysan est venu pour
vous inviter à manger la soupe (dîner) demain avec lui.
— Comment se nomme-t-il?
— C'est le baron chez qui vous logiez la semaine
dernière.

faisait sa retraite sur la Corogne, notre avant-
garde, qui la poursuivait, fut très étonnée de
rencontrer un village palissadé. Le drapeau
tricolore flottait sur le clocher, les sentinelles
portaient l'uniforme français. Des officiers s'ap-
prochèrent, et bientôt on leur dit que, depuis
trois mois, deux cents maraudeurs habitaient
ce village. Coupés dans leur retraite, ils
s'étaient établis dans ce poste et l'avaient fortifié. Souvent attaqués, toujours ils avaient
repoussé l'ennemi. Leur général en chef était
un caporal ; souverain de cette colonie, on
obéissait à ses ordres comme à ceux de l'Empereur.

Ce caporal, avec sa vieille expérience routi-
nière, avait fortifié ce village aussi bien qu'un
officier du génie, et, chose remarquable, il
avait su parfaitement se concilier l'amitié des
habitants. A son départ il reçut de l'alcade les
plus honorables certificats ; nous avons connu
bien des généraux qui ne pourraient pas en
montrer de pareils.

De temps en temps des distributions de vivres

étaient faites à l'armée, alors le pillage était sévèrement défendu, souvent on faisait de terribles exemples; mais tout cela n'avait pas de suite, et ne s'exécutait que par boutades.

Nous étions au bivouac par une belle nuit; je ne dormais pas : assis auprès du feu, je fumais ma pipe à côté du soldat chargé de faire la soupe. En regardant la marmite bouillir à grosses ondes, je remarquais de temps en temps quelque chose de noir qui passait au-dessus et disparaissait aussitôt dans les profondeurs de l'énorme pot au feu. Ce quelque chose piqua d'autant plus ma curiosité que, se montrant à de courts intervalles, je pouvais croire qu'il se trouvait en double ou triple expédition. Je tire bravement mon épée, et me voilà guettant le point noir au passage; après l'avoir manqué plusieurs fois, je l'attrape enfin : c'était une souris, deux souris, trois souris, quatre souris. Je réveille notre cuisinier.

— Eh bien! camarade, il paraît qu'aujourd'hui ta soupe est singulièrement assaisonnée !

— Comme tous les jours, mon lieutenant :

pommes de terre et choux, je ne sors pas de là.

— Et le tout cuit dans une décoction de souris. Tiens, regarde les beaux légumes que j'ai pêchés dans ta marmite.

— Pas possible, mon lieutenant.

— C'est tellement possible que c'est vrai. Où diable as-tu pris ton eau ?

— Dans une cuve au village voisin.

— Tu n'as donc pas vu ce qu'elle contenait ?

— Il faisait nuit ; j'ai senti que c'était de l'eau, j'en ai pris pour faire ma soupe. Aussi qui pourrait imaginer que, dans une cuve chez un paysan, on va trouver un escadron de souris?

— Tu pouvais empoisonner toute la compagnie, car si la cuve est en cuivre...

— Elle est en bois, j'en suis sûr, soyez tranquille.

— C'est égal, il faut jeter la soupe et tâcher d'en faire une autre.

— Impossible, mon lieutenant, je n'aurais pas le temps. Tous ces gaillards qui ronflent près de nous vont se réveiller tout à l'heure :

ils auront l'appétit ouvert avant les yeux; et si par malheur la soupe n'était pas prête, ils me donneraient encore mon décompte du trimestre, en m'appliquant cinquante coups de savate où vous savez. Je vous en prie, mon lieutenant, les souris sont ôtées, n'en dites rien à personne; la soupe sera bonne tout de même, et vous en serez quitte en déjeunant dans une autre compagnie.

— Et toi?

— Moi j'en mangerai.

Il en mangea. Plus tard, il m'a dit que jamais il ne trouva la soupe aussi bonne.

Or, voici comment cela s'était fait. Dans beaucoup de fermes, en Allemagne, pour se débarrasser des souris, on se sert d'une cuve à moitié pleine d'eau. Quelques petites planches sont placées au-dessus; on y met du lard, de la farine, un appât quelconque. Aussitôt que les souris marchent sur ce pont, une bascule se met en mouvement, elles tombent et se noient. La bascule se replace elle-même : toujours elle est prête à faire son office. C'est dans

un semblable réservoir que notre Vatel de
bivouac avait puisé l'eau dont il faisait un si
drôle de bouillon. Au reste, on ne s'en aperçut
pas; il fut trouvé délicieux.

Le plus beau de tous les bivouacs passés, présents et futurs, c'est celui du 4 juillet 1809. Jamais une plus grande réunion d'hommes ne se
fit sur un aussi petit point du globe. Toute l'armée française avait passé le Danube sur trois
triples ponts, et se trouvait dans l'île de Lobau
par une pluie qui, pendant six heures, ne
cessa de tomber par torrents. Deux cent mille
hommes bivouaquaient ensemble en colonnes
serrées, par régiments. A peine si chacun avait
l'espace nécessaire pour se mouvoir. Il restait
un bras de rivière à franchir. Le canon tonnant
toute la nuit, les obus pleuvant pour le défendre, la bataille pour le lendemain, la victoire qui devait suivre, tout cela présentait un
superbe tableau, de magnifiques espérances.

Jamais la grande armée ne s'était vue ainsi
réunie; chacun reconnaissait un ami dans les
vieilles bandes arrivées d'Espagne ou d'Italie.

Non seulement les individus faisaient éclater leur joie, mais encore les régiments entiers témoignaient une vive allégresse en rencontrant d'autres régiments dont ils avaient partagé la gloire et les dangers au pont d'Arcole, aux Pyramides, à Marengo, à Hohenlinden. Cette fraternité de périls avait augmenté l'amitié chez les uns, l'avait fait naître chez les autres. C'est une amitié de longue durée, celle qui se forme sur le champ de bataille. On s'était quitté sur les bords du Nil ou du Guadalquivir, on se retrouvait avec bonheur dans une île du Danube.

Les tréteaux des cantinières étaient assiégés par tous ces braves qui, le verre à la main, se félicitaient de s'être retrouvés. Chacun disait les hauts faits d'armes de son régiment, depuis l'époque de la séparation, et la kyrielle était longue. Chacun, content de soi, fier de son voisin, ne doutait point de la victoire. Semblables aux soldats de Casimir, tous auraient pu dire à Napoléon : « Sois tranquille, compte « sur nous ; si le ciel tombe, nous le retiendrons « sur le fer de nos lances. »

Un instant après, on se séparait en se serrant
la main; pour un grand nombre, hélas! cet
adieu fut éternel, car ce jour-là c'était la veille
de Wagram.

Dans l'île de Lobau, toutes les nations avaient
des députés; on y parlait toutes les langues de
l'Europe. Les Italiens et les Polonais, les Ma-
melucks et les Portugais, les Espagnols et les
Bavarois, toutes ces bandes étaient étonnées de
se trouver marchant sous l'aigle impériale.

On courait, on cherchait sans trouver, on
parlait sans se faire comprendre : c'était un
essaim en mouvement, la tour de Babel, la val-
lée de Josaphat, où, comme chacun sait, nous
devons tous nous retrouver un jour.

III

LES MARCHES

Nous marchions à droite, à gauche, en avant, quelquefois en arrière, nous marchions toujours. Bien souvent nous ignorions pourquoi ; la bobine qui tourne en déroulant son fil ne demande point au mécanicien la raison des mouvements qu'elle subit ; elle tourne, voilà tout, nous faisions comme la bobine. Ce n'était pas toujours amusant, mais l'habitude contractée, la nécessité d'obéir, l'exemple que chacun donnait et recevait, tout cela nous avait

rendus machines locomotives ; elles marchent,
nous marchions. Lorsqu'on s'arrêtait, les soldats, tout étonnés, s'en demandaient réciproquement le motif. « C'est drôle, disaient-ils, la
pendule ne va plus. »

Le lendemain du premier bivouac d'une campagne, celui qui voyait l'énorme quantité de
culottes, de grandes guêtres noires et blanches,
de cols, de bas, qui jonchaient la plaine où
nous avions couché, pouvait croire que, l'ennemi nous ayant surpris pendant la nuit, nous
nous étions sauvés en chemise. Vous ne serez
peut-être pas fâché de savoir pourquoi toutes
ces culottes restaient là, veuves et délaissées.

Autrefois, le soldat recevait gratis une culotte
qu'il ne portait presque jamais ; on lui faisait
payer un pantalon qu'il portait toujours. Les
entrepreneurs de linge et chaussure, spécula-
teurs, visant à la consommation, farcissaient les
havresacs de grandes guêtres blanches et noires,
de bas, de cols noirs et blancs, toutes choses
seulement utiles à ceux qui les vendaient. En
garnison, les soldats devaient conserver tous

ces effets sous peine d'en acheter d'autres le lendemain. Mais au premier bivouac, en entrant en campagne, chacun réduisait son sac à la plus simple expression, en le débarrassant de toutes les inutilités. Les colonels, les capitaines d'habillement riaient sous cape ; ils étaient certains qu'aussitôt la paix faite ils vendraient de nouvelles culottes. Tels les libraires se réjouissaient en voyant les œuvres de Voltaire et de Rousseau brûlées par les missionnaires.

Je n'ai jamais compris que sous Napoléon, quand nous étions toujours en guerre, le soldat fût vêtu de l'ignoble culotte, qui, lui serrant le jarret, l'empêchait de marcher librement. Bien plus, le genou recouvert par une grande guêtre qui se boutonnait par-dessus, était encore serré par une nouvelle jarretière serrant la jarretière de la culotte. Au-dessous, un caleçon lié par un cordon venait encore embarrasser les jarrets. Voilà, tout compte fait, trois épaisseurs d'étoffe, deux rangées de boutons superposées, et trois jarretières, destinées à paralyser les efforts des plus intrépides marcheurs.

Or, dites-moi ; si l'on avait voulu trouver une manière très incommode pour vêtir le soldat, aurait-on mieux réussi ? Cela s'est ainsi pratiqué pendant toutes les guerres de la république et de l'empire. Aussi fallait-il voir la tournure grotesque de la plupart des jeunes conscrits avec cette culotte et ces guêtres, qui, n'étant point retenues par des mollets, tombaient sur les talons. Pour porter ce costume, il faut être bien *bâti*, bien fait ; il faut avoir les jambes garnies de belles protubérances ; tandis qu'avec un pantalon large, tout le monde est à peu près bien. Un homme de vingt ans n'est pas encore formé ; nous recevions même des conscrits qui n'en avaient que dix-neuf ; cet accoutrement leur donnait un air tout à fait godiche : il seyait au contraire très bien à la garde impériale, qui ne se battait jamais qu'en tenue, mais qui se battait très rarement.

D'ailleurs, cette troupe était composée d'hommes d'élite qui pouvaient facilement porter un sac plus lourd. Elle marchait toujours sur la grande route avec le quartier général ; elle attirait tous les soins de l'administration, et l'on peut dire que la ligne n'avait de distributions que lorsque la garde impériale n'en voulait plus. Nos conscrits ployaient sous le poids d'un sac, d'un fusil, d'une giberne; ajoutez à cela cinquante cartouches, le pain, la viande, une marmite, ou bien une hache, et vous aurez une idée de la tournure de ces pauvres diables, surtout quand il faisait chaud. La sueur ruisselait sur leur front, et ordinairement après trois jours de route ils entraient à l'hôpital. Nos marches étaient bien plus pénibles que celles de la garde impériale; nous allions par des chemins bien plus mauvais, et je ne crois rien hasarder en disant que les fatigues tuaient plus de jeunes conscrits que le canon de l'ennemi.

La garde impériale était magnifique et rendait de grands services lorsqu'elle se présentait. Cela ne doit point étonner, elle se recrutait dans les compagnies d'élite de nos régiments. On prenait pour elle les hommes les plus forts, les plus braves, qui comptaient déjà quatre ans de service et deux campagnes. Que ne devait-

4

on pas attendre d'une troupe ainsi composée !
c'était l'élite de l'élite. Les soldats de la ligne
appelaient ceux de la garde *les immortels*,
parce qu'ils se battaient rarement. On les réser-
vait pour les grandes occasions, et c'était très
bien, sans doute, car l'arrivée de la garde impériale sur un champ de bataille décidait presque toujours la question. Entre la ligne et la
garde, il existait une jalousie qui fut la cause
de bien des querelles. On sait que chacun avait
dans la garde le rang du grade immédiatement
supérieur à celui qu'il occupait. On criait dans
la ligne contre ce privilège et chacun faisait
tout pour l'acquérir. Ceux qui l'avaient obtenu
trouvaient cela tout simple ; ils ne pouvaient
pas concevoir comment de petits officiers de la
ligne voulaient avoir la prétention grande de
marcher de pair avec la garde impériale.
L'homme est ainsi fait, il restera de même
jusqu'à la consommation des siècles. Lorsqu'en
France on a parlé d'égalité, chacun l'a voulue
avec ceux placés au-dessus de lui, mais non
avec les autres. « Je suis l'égal des Montmo-

rency, le balayeur des rues n'est pas mon égal ; »
voilà ce que bien des gens se sont dit. On a crié
contre les titres et les décorations; après les
avoir ôtés à ceux qui les avaient, on s'en est
chamarré soi-même. Combien n'avons-nous pas
vu d'austères républicains devenus chambellans,
de tribuns devenus pairs de France, qui, sans
façon échangèrent le titre de citoyen contre
celui de M. le duc ou d'Altesse Sérénissime !

Nous étions en marche ; un fourgon attelé de
quatre mulets cherchait à traverser mon régiment, et les soldats, passant successivement
devant le nez de ces pauvres bêtes, prenaient
un malin plaisir à les empêcher d'avancer, parce
qu'elles appartenaient à la garde impériale ;
l'un d'eux s'écria d'un ton goguenard :

— Allons, soldats de la ligne, faites place aux
mulets de la garde.

— Bah ! répondit un autre, ce sont des
ânes.

— Je te dis que ce sont des mulets.

— Et moi, que ce sont des ânes.

— Eh bien ! quand ce seraient des ânes,

qu'importe ? Ne sais-tu pas que dans la garde les ânes ont rang de mulets ?

La garde impériale, formée d'abord de vieux régiments de grenadiers et de chasseurs, avait été renforcée par des régiments de fusiliers, et puis on ajouta des tirailleurs, des voltigeurs, des flanqueurs, des pupilles. L'organisation de ce corps était tout exceptionnelle. Les anciens régiments faisaient partie de la vieille garde, et les autres de la jeune garde. On avait pris les officiers supérieurs et les capitaines dans la première pour former la seconde ; ils y conservaient leur rang et leurs prérogatives, tandis que les lieutenants et les sous-officiers étaient traités à peu près comme la ligne, sauf l'uniforme de la garde qu'ils avaient l'honneur de porter. Il existait donc une disproportion énorme entre le capitaine et le lieutenant pour le rang dans l'armée et les appointements. C'est peu : dans les régiments de flanqueurs, qui portaient l'uniforme vert, les capitaines et les officiers supérieurs avaient l'habit bleu de la vieille garde, ce qui produisait une singulière bigarrure.

J'ai toujours été surpris que l'Empereur n'ait jamais eu l'idée de créer quelques régiments de *marcheurs*. J'ai connu dans tous les corps de l'armée des soldats infatigables qui pouvaient marcher trente et quarante heures de suite, sans prendre un moment de repos. En réunissant tous ces hommes au jarret solide, on en aurait pu former un excellent régiment.

Supposez deux ou trois mille hommes choisis, pouvant marcher deux jours et deux nuits sans s'arrêter ; armez-les à la légère ; qu'aucun bagage, aucun cheval, ne soient là pour retarder leur course ou les empêcher de gravir des montagnes ; et jugez quels services une pareille troupe rendrait en certaines circonstances. Je livre cette idée à messieurs du bureau de la guerre ; peut-être mérite-t-elle qu'ils s'en occupent.

Napoléon est l'homme qui connut le mieux l'art de faire marcher une armée. Ces marches étaient souvent fort pénibles, quelquefois la moitié des soldats restait en arrière ; mais comme la bonne volonté ne leur manquait pas, ils arri-

vaient plus tard, mais ils arrivaient. Rien ne
les contrarie comme un ordre mal donné, mal
compris, qui leur fait faire du chemin de trop ;
c'est ce qu'ils appellent *marcher pour les capucins*.

Ou bien lorsqu'une hésitation les fait de-
meurer quelque temps au même endroit sans
qu'ils puissent savoir s'ils doivent rester ou partir, cela se nomme *droguer*. Une armée française est toujours de bonne humeur quand elle se
bat ; mais ses meilleurs soldats ne valent plus
rien lorsqu'ils droguent ou qu'ils marchent pour
les capucins.

Demandez-leur tous les efforts possibles, ils
obéiront sans murmurer ; mais faites en sorte
que les ordres soient positifs, bien conçus, bien
transmis. Dans le cas contraire, ils enverront le
général à tous les diables. Frédéric II disait un
jour, et M. de Montazet, général au service d'Autriche, prisonnier à Berlin, l'entendit et le rapporte dans ses Mémoires : « Si je commandais à
« des Français, j'en ferais les meilleures troupes
« des quatre parties du monde. Leur passer quel-

« ques légères étourderies, ne les jamais tra-
« casser mal à propos, nourrir la gaieté naturelle
« de leur esprit, être juste envers eux jusqu'au
« scrupule, ne les affliger d'aucune minutie ;
« tel serait mon secret pour les rendre invin-
« cibles. »

Après la campagne de 1809, nous étions cantonnés dans les environs de Passau, sur des
montagnes couvertes de six pieds de neige.

Nous étions fort tranquilles dans nos villages,
lorsque nous reçûmes, une belle nuit, l'ordre
de partir sur-le-champ pour nous réunir à Passau. Le vent du midi fondait les neiges depuis
quelques jours ; rien ne pourrait donner une
idée de la peine que nous eûmes à gravir, à
descendre toutes ces montagnes inondées. Un
peintre qui voudrait rendre une scène du déluge
devrait visiter ce pays-là dans des circonstances
semblables. Les aides de camp, les estafettes,
les ordonnances à pied, à cheval, se croisaient
en tous sens pour faire hâter les détachements
qu'ils rencontraient. Il fallait être à Passau
morts ou vifs, à la pointe du jour. Officiers et

soldats, tout le monde croyait que la guerre
avait recommencé : quel autre motif pouvait-on
donner à cette marche précipitée, en temps
de paix !

A mesure qu'une compagnie, une fraction de
compagnie, arrivait à Passau, des officiers dési-
gnés par le général l'embarquaient sur le Danube qui roulait des montagnes d'eau. Le courant était tellement augmenté par la fonte des
neiges, que nous n'abordâmes la rive droite
qu'en déviant de plusieurs lieues. Des chevaux
d'artillerie tombèrent dans l'eau, des barques
chavirèrent, des hommes périrent. Une fois le
Danube franchi, nous continuâmes notre route
sans prendre un moment de repos ; nous mar-
châmes pendant quarante heures. Mais pourquoi courons-nous ainsi? disaient les soldats ;
que se passe-t-il donc, pour que rien ne puisse
nous arrêter, ni la nuit, ni les torrents, ni les
fleuves? A la fin nous connûmes les motifs de
cette marche forcée, la plus grande, la plus pénible qu'on ait jamais faite, même en temps de
guerre : il s'agissait d'aller à Brannau, pour y

rendre les honneurs militaires à Marie-Louise, qui venait en France pour épouser Napoléon. A voir la manière dont on nous poussait, on eût dit que l'impératrice nous attendait..... Nous arrivâmes quinze jours trop tôt.

Sur la frontière de la Bavière et de l'Autriche, près du village de Saint-Pierre, non loin de Brannau, des architectes venus de Paris avaient construit une superbe baraque ; c'est là que Marie-Louise fut remise par les plénipotentiaires de l'empereur François à ceux que Napoléon avait chargés de la recevoir. La reine de Naples, le prince de Neufchâtel étaient arrivés avec une armée de chambellans, de dames d'atours, d'écuyers, de valets de toute couleur, de tout grade, de toute espèce, enfin tout le *débotté*[1]. Ces gens-là sont sans doute indispensables, car on en trouve des nuées sous tous les régimes et dans tous les pays ; on mettrait sur pied une armée de cinquante mille hommes avec ce que

[1] Pour l'explication de ce mot, lisez les *OEuvres de Paul-Louis Courrier*.

coûte le débotté d'un souverain. Quand Sa Majesté parut, l'artillerie fit un tapage infernal, les musiques des régiments jouaient faux, les tambours battaient en sourdine, car il pleuvait à verse, nous avions de la boue jusqu'aux genoux, et les journaux de Paris s'extasiaient sur le bonheur que nous avions eu de saluer les premiers notre auguste et gracieuse souveraine.

Voilà cependant comment on écrit l'histoire ! Le lendemain, l'impératrice partit pour Paris ; nous reprîmes à petites journées le chemin de nos montagnes, en tâchant d'acquérir la persuasion intime que nous nous étions bien amusés.

Pour arriver sur le champ de bataille d'Austerlitz, le troisième corps fit quarante lieues en trente-six heures, c'est-à-dire que la vingtième partie des soldats arriva, le reste rejoignait d'heure en heure ; des officiers laissés sur la route ramassaient les traîneurs, et après quelques moments de repos ils les dirigeaient sur leurs régiments. Cette marche rapide fut très pénible pour les soldats; ils ne se plaignirent

point parce qu'ils en sentaient la nécessité,

parce qu'elle eut une grande influence sur les résultats de la journée.

Au contraire, notre course sur Brannau devint pour eux un sujet perpétuel de plaintes et de *grogneries*. C'était le point de comparaison, à chaque fois qu'ils craignaient de droguer inutilement ou de marcher pour les capucins : « C'est comme lorsque nous allâmes à Brannau, » disaient-ils.

Cette marche de trente-six heures sur Austerlitz, sans un moment de repos, fut d'une haute importance. Un officier fait prisonnier fut interrogé par Alexandre.

— De quel corps d'armée êtes-vous ?

— Du troisième.

— Du maréchal Davoust ?

— Oui, sire.

— Ce n'est pas vrai, ce corps est à Vienne.

— Il y était hier, aujourd'hui il est ici.

L'empereur Alexandre fut abasourdi par cette nouvelle.

Ce qui fatigue le plus, ce sont les marches de nuit ; le plus grand besoin de l'homme, c'est le sommeil.

Pichegru paya trente mille francs une nuit de repos, pendant laquelle il fut arrêté.

Quelquefois les soldats dormaient debout en marchant, un faux pas les faisait rouler dans un fossé les uns sur les autres, comme des capucins de cartes.

En Bavière et en Autriche, il y a beaucoup d'abeilles, on récolte par conséquent beaucoup de cire ; les soldats en trouvaient de grandes quantités chez les paysans. Dans les marches de nuit, par un temps calme, chacun allumait deux, trois, quatre bougies, quelques-uns en portaient jusqu'à quinze ou vingt. Rien n'était joli comme l'aspect d'une division ainsi éclairée, lorsqu'elle gravissait une côte par un chemin sinueux ; tous ces milliers de lumières mobiles présentaient un coup d'œil charmant. Le *lustig* de la compagnie chantait la romance sentimentale et tout le monde faisait *chorus*. Plus loin, un autre racontait l'interminable histoire de La Ramée, qui, après avoir eu son congé, revint *du pays*, et fit deux cents lieues pour réclamer une ration de pain à son sergent-major. La Bruyère a mis

sur le compte de Ménalque tous les traits de
distraction qu'il a connus ; les soldats mettent
toutes les histoires de vieux troupiers sur le
compte de La Ramée ; c'est le type du soldat
français. On conçoit facilement que son histoire
doit être un peu longuette, aussi ne la finit-on
jamais. Aucun soldat d'aucun peuple ne sait tirer
parti de sa position comme le soldat français.
Dans les circonstances les plus difficiles, un bon
mot faisait tout oublier, celui-ci bientôt en faisait
jaillir un autre, peu à peu l'air étincelait de
joyeux propos, et l'âme retrempée acquérait
une énergie nouvelle. Et puis on voyait des
pays nouveaux ; chaque jour la tête se meublait
de souvenirs.

La coiffe de mon shako renfermait un petit
cahier, où, chaque jour, les choses remar-
quables étaient exactement notées.

A deux lieues de Neubourg, les régiments qui
marchaient au pas de route, l'arme à volonté,
serrent tout à coup leurs rangs ; les tambours
battent aux champs, les soldats prennent le pas
cadencé, solennel, les officiers saluent de leur

épée; on dirait une parade aux Tuileries. Pour qui donc ces honneurs? Ils s'adressent au premier grenadier de la république, à La Tour d'Auvergne! Son tombeau, placé près du chemin, est toujours salué par les régiments de toutes les nations; il est connu sous le nom de *Tombeau du Brave*.

Ordinairement, à l'armée, les inférieurs héritent des grades et titres de leurs chefs, mais à la mort de La Tour d'Auvergne, ce fut tout le contraire : son capitaine fut proclamé premier grenadier de la république par les soldats de la quarante-sixième demi-brigade ; la suite a prouvé qu'il était digne de cette haute distinction. Ce capitaine était Cambronne.

Quand vous voyez un régiment lancé sur la grande route, vous croyez peut-être que rien n'est plus facile que de le diriger. Au commandement de *marche*, on part, dites-vous, et si l'on marche longtemps droit devant soi, on finit par arriver. Un colonel qui ne prendrait pas d'autres soins laisserait en arrière la moitié des soldats de son régiment. Le sous-officier qui

marche en tête doit avoir un pas court et réglé,
car si la droite va le pas ordinaire, la gauche
galopera. Le moindre obstacle qui se trouve sur
la route, quand ce ne serait qu'une ornière à
passer, fait courir tous les soldats du dernier
bataillon, qui veulent rattraper leurs distances.
Si le premier qui rencontre l'obstacle ralentit
sa marche d'une demi-seconde, le dernier devra
galoper pendant un quart d'heure. Un chef
expérimenté voit ces choses d'un coup d'œil,
il fait faire une petite halte, et tout reprend son
cours accoutumé. Quand on a marché pendant
une heure, on s'arrête cinq minutes pour allu-
mer les pipes, cela s'appelle la *halte des
pipes*. Il ne faut priver le soldat d'aucun plaisir;
pour beaucoup même ce plaisir est un besoin.
Au milieu du jour, on fait la grande halte
qui dure une heure, chacun déjeune avec ce
qu'il a dans son sac, et l'on repart ensuite en
coupant chaque lieue par des haltes de cinq
minutes.

Les petites causes produisent souvent de
rands effets. Quelquefois des régiments ont été

battus parce que les soldats n'avaient point de sous-pieds à leurs guêtres.

Une chose très importante pour un officier, c'est de veiller à ce que les soldats soient bien chaussés, qu'ils aient chacun dans le sac des sous-pieds de guêtre, une alène, et du gros fil pour les coudre au besoin. J'ai vu des capitaines qui, prenant ces précautions et bien d'autres encore, étaient parvenus, en campagne, à conserver leurs compagnies plus fortes relativement d'un quart.

Lorsqu'on marche par un temps chaud, les soldats avalent beaucoup de poussière, ils s'arrêtent à tous les puits, à tous les ruisseaux pour y boire. Qu'arrive-t-il ? la soif appelle la soif, l'eau qu'ils avalent en quantité démesurée donne souvent la fièvre à plusieurs d'entre eux, et les hôpitaux se remplissent au détriment de l'armée. On peut éviter ce grave inconvénient par un moyen simple, c'est d'obliger les soldats à porter à la bouche un brin de paille ; les lèvres se trouvant serrées, la poussière ne peut pénétrer, on n'a point soif, on ne boit pas. Je conseille cette recette aux personnes qui voyagent à pied, et surtout aux chasseurs.

Pour apprécier toutes ces choses, il faut vivre avec le soldat, il faut le voir à toute heure, il faut être avec lui dans toutes les circonstances. Les officiers de l'ancien régime étaient tout aussi braves que ceux du nouveau, mais ne voyant leurs soldats que le jour de bataille, à des revues du roi, pour revenir tout de suite après à Versailles, ils ignoraient complètement ces minuties d'une haute importance. S'ils les avaient connues, je doute fort qu'ils eussent pris la peine de s'en occuper; leur affaire était d'arriver en poste à l'armée, la veille du jour où l'on se battait; aucun d'eux ne manquait au rendez-vous.

A l'étape, les officiers qui se fréquentaient le plus intimement réunissaient leurs provisions et déjeunaient ensemble; alors on racontait les aventures galantes de la veille, et quelquefois nous en entendions d'assez drôlettes. Mais, dira-t-on, quelle aventure pouviez-vous avoir dans un village où vous étiez arrivés le soir pour repartir le lendemain matin? — Eh! n'est-ce donc rien qu'une nuit? apprenez qu'un homme qui part le lendemain a souvent un grand mérite la veille auprès de beaucoup de femmes. Le secret sera gardé, on n'aura pas à rougir d'une défaite trop précipitée; et puis, le changement, le caprice, tout cela ressemble quelquefois à l'amour.

Une des plus belles haltes de régiment, c'est celle que fit le 21ᵐᵉ léger dans les environs de Lodève. Le brave colonel Taraire, traversant le village habité par son père, arrêta sa troupe en face de la maison paternelle. Après avoir fait former le cercle à son régiment, il lui fit cette noble et belle harangue : « Mes camarades, je « vous présente mon père : c'est un vieux la- « boureur; mon père, je vous présente mon « régiment composé d'excellents soldats. »

La grange, les écuries, les greniers, avaient été changés en salles de festin. Chacun prit sa place, et Dieu sait avec quelle bravoure ces dignes troupiers firent leur service.

Lorsqu'un régiment voyageait en Allemagne,

les villes qu'il traversait lui fournissaient des
voitures de réquisition pour transporter les bagages, les malades, les écloppés. Lorsqu'un officier marchait isolément, soit pour une mission
particulière, soit pour rejoindre son corps, on
lui donnait à chaque station une voiture nouvelle, et, sans bourse délier, nous avons tous
sillonné l'Allemagne en tous sens. Dans les villes
d'étape, on trouvait nuit et jour une voiture
attelée : c'était fort commode pour nous, mais
ce devait être une terrible charge pour le pays.

Mais quand on voyageait en Espagne, on était
souvent obligé de s'arrêter. A chaque ville,
quelques fractions du convoi se trouvaient arrivées à leur destination, la colonne affaiblie avait
besoin de nouveaux renforts pour se remettre en
route. La moitié, que dis-je ? presque toute l'armée française était occupée à servir d'escorte
aux courriers; nous avions garnison dans toutes
les villes, dans tous les villages sur les routes;
souvent même, au milieu de l'intervalle qui les
séparait, on avait construit de petits forts, des
blockhaus, des redoutes, occupés chacun par

une centaine d'hommes. Tous ces postes, toutes ces garnisons fournissaient plus ou moins de soldats aux escortes, suivant les forces présumées des bandes d'insurgés qui se trouvaient dans les environs. Ce service était très pénible, et l'on peut dire qu'il a causé la mort de plus de Français que les plus grandes batailles rangées. Nous étions maîtres de toutes les villes, de tous les villages sur la route ; à cent pas nous ne l'étions plus. C'était une guerre de tous les jours, de toutes les heures ; l'escorte était-elle nombreuse, bien commandée, elle ne rencontrait personne sur son passage ; le contraire arrivait-il, l'ennemi se présentait de tous côtés : en Espagne on peut dire qu'il était partout et nulle part.

Le métier d'espion, à l'armée, est très dangereux, et pour être bien servi par des gens qui chaque jour risquent la potence, un général doit prodiguer l'or. Le gouvernement passait aux commandants en chef des sommes considérables pour cet usage, mais plusieurs d'entre eux lésinaient sur l'emploi. Pour obtenir des

services que la cupidité seule peut engager à
rendre, ils préféraient la terreur. Après avoir
emprisonné la femme et les enfants d'un pauvre diable : « Tu vas partir, lui disait-on, tu re-
« viendras demain, tu me diras tout ce que fait
« Mina, Longa, El Pastor ou tout autre ; quelle
« est sa force, sa position ; et si tu me trompes,
« ou si tu ne reviens pas, je fais pendre toute ta
« famille. »

Qu'arrivait-il ? Le paysan ne revenait point,
et l'on ne pendait personne ; ou bien il allait
tout raconter à Mina, qui lui faisait sa leçon,
et s'arrangeait de manière que la vérité de la
veille était un mensonge le lendemain. L'argent
des dépenses secrètes, des frais d'espionnage,
retournait à Paris, et les affaires allaient pour
le mieux... dans les bulletins.

L'amour de la patrie n'était pas le seul mobile
de l'insurrection, il avait servi de prétexte,
voilà tout. Quand ils ne trouvaient rien à faire
contre les Français, la plupart des guérillas pil-
laient leurs compatriotes.

Dans beaucoup de villages, les paysans appe-

laient brigands les Français et les guérillas.
Lorsqu'il m'est arrivé de demander à l'alcade :
« Y a-t-il longtemps que vous n'avez vu les bri-
« gands dans votre pays ? — Lesquels ? me ré-
« pondait-il. Parlez-vous des Français ou des
« Espagnols ? » *Los brigantes de ustedes*,
voilà comment ils nous désignaient nos soldats.

Au reste, ces bandes fuyaient devant quelques
tirailleurs ; il fallait qu'elles fussent de beaucoup
supérieures en nombre pour oser nous attaquer
franchement, et, dans ce cas, elles avaient l'immense avantage de nous surprendre dans des
embuscades. Le pays est tellement coupé par
des montagnes et des précipices, qu'il était
impossible de faire bien éclairer la route. Lorsqu'un chef de guérillas avait fait une expédition, toute la troupe se divisait, les armes étaient
cachées, chacun rentrait dans ses foyers, après
s'être donné rendez-vous pour tel jour, à vingt
et trente lieues plus loin. Les Français se met-
taient à leur poursuite, ils ne rencontraient personne, et les journaux de Paris annonçaient à

l'Europe que tel général, avec une rare intrépidité, digne des plus grands éloges, avait repoussé les brigands dans leurs montagnes, qu'ils
étaient des lâches, indignes de porter les armes,
etc., etc. Mais toutes ces belles phrases officielles
n'empêchaient pas que les brigands, puisqu'on
les nommait ainsi, ne fissent parfaitement leur
métier.

Pour les Espagnols, la religion ne saurait
exister sans moines et sans processions ; il leur
faut des reliques, des miracles, des religieux
bizarrement vêtus, des couvents où chacun
puisse trouver des prières et de la soupe. En
religion, ils sont matérialistes sans s'en douter ;
en amour, ils sont matérialistes, et ils le disent.
Pour tout le reste, ils sont heureux après avoir
satisfait leurs besoins matériels ; c'est prouvé
jusqu'à l'évidence.

Ils ont du respect pour Dieu, mais on peut
dire qu'ils en montrent un plus grand pour les
saints ; chaque village a son patron, c'est lui
seul que l'on prie et que l'on invoque.

Un paysan disait un jour en ma présence :

« En Matapasuelos, aï un santo que manda tanto como Dios. — Y mas, » lui répondit-on [1].

Quand nous voyagions, nous ne manquions pas de visiter les églises de tous les pays que nous traversions. Les églises sont les choses les plus curieuses que l'on puisse voir en Espagne. Rien n'étonnait les Espagnols comme de nous rencontrer dans le lieu saint, donnant des marques de respect ; certains que les soldats de Napoléon étaient des diables incarnés, ils ne concevaient pas comment l'aspect de l'eau bénite ne nous faisait pas rentrer aussitôt en enfer.

Beaucoup de femmes suivaient leurs maris à l'armée, soit que par tendresse conjugale elles ne voulussent point se séparer d'eux, soit que leur modeste fortune ne leur permît pas d'entretenir deux ménages. Cependant, lorsque nous entrions en campagne, elles restaient au dépôt ; mais aussitôt la paix faite, on les voyait arriver par voitures pleines.

---

[1] A Matapasuelos, il existe un saint ayant autant de pouvoir que Dieu. — Et bien davantage.

Ces dames voyageaient en cabriolet, en ca-
lèche, en charrette, et marchaient avec les équipages ; leurs oreilles chastes devaient chaque
jour entendre des propos bien sales, bien bi-
zarres ; leurs yeux devaient voir à chaque halte
des objets plus hideux encore. Je n'en dirai pas
davantage là-dessus, et vous me devinerez si
vous pouvez.

En Allemagne, ces dames suivant l'armée
vivaient d'une manière assez agréable : nul
danger n'existait pour elles ; mais en Espagne,
c'était bien différent. Voyageant sur la route,
elles étaient ainsi que nous exposées aux coups
de fusil ; et lorsque leur escorte, tombant dans
une embuscade, les livrait à la merci des brigands espagnols, elles subissaient les plus
infâmes traitements. A l'affaire de Salinas, la
femme d'un chef de bataillon assouvit la bruta-
lité de deux cents guerilleros... elle en mourut ;
d'autres que je connais n'en sont pas mortes.

I V

LES CANTINIÈRES

C'était un beau métier que celui de cantinière.
Ces dames commençaient ordinairement par
suivre un soldat qui leur avait inspiré des sentiments tendres. On les voyait d'abord cheminer
à pied avec un baril d'eau-de-vie en sautoir.
Huit jours après, elles étaient commodément
assises sur un cheval *trouvé*. A droite, à gauche,
par devant, par derrière, les barils et les cerve-

las, le fromage et les saucissons habilement
disposés se maintenaient en équilibre. Le mois
ne finissait jamais sans qu'un fourgon à deux
chevaux, rempli de provisions de toute espèce,
ne fût là pour prouver la prospérité croissante
de leur industrie. Il arrivait souvent qu'un parti
de cosaques dévalisait ces dames sur les derrières de l'armée; alors elles recommençaient,
et bientôt il n'y paraissait plus.

Un officier ne pouvait pas leur faire plus de
plaisir que de leur emprunter de l'argent: la
chance de voir mourir quelques débiteurs insol-
vables était pour elles bien moins à craindre
que les cosaques et les bandes de traîneurs qui,
souvent, les débarrassaient de leurs écus.

Au camp, la tente de la cantinière sert de
salon de compagnie, d'estaminet, de café ; c'est
le point central de réunion. On y joue, on y
boit, on y fume ; car que faire dans un camp,
lorsqu'on n'a pour tout bagage qu'un porte-
manteau gros comme un saucisson, et par conséquent pas de livres ? Le premier jour de mon
arrivée, on me conduisit chez la cantinière à la

mode, et là je trouvai trente officiers prêts à
faire une partie de loto. Quoique ce jeu ne soit
pas très difficile et qu'il ne faille pas un grand
effort d'esprit pour en suivre les savantes combinaisons, je fus bien attrapé ce jour-là.
J'ignorais la manière d'appeler les numéros ;
depuis longtemps le quine était sorti, que je
n'avais encore rien marqué. Voici pourquoi :
l'habitude à l'armée est de ne dire les numéros
que par des périphrases. Une amende est infli-
gée à celui qui se permettrait toute autre déno-
mination technique. Je vais donner quelques
exemples : 1 s'appelle le Commencement du
monde ; 2, la Petite poulette ; 3, l'Oreille du
juif ; 4, le Chapeau du commissaire ; 5, l'Alène
du cordonnier ; 7, la Potence ; 9, Qui n'est pas
vieux ; 22, les Canards du Mein [1] ; 31, Jour
sans pain, misère en Prusse [2] ; 33, les Deux

[1] Allusion au 22ᵉ régiment, dont quelques compagnies, poursuivies par l'ennemi, se jetèrent dans le
Mein pour le traverser à la nage. Cette épithète de
canards du Mein fut souvent une cause de duel.

[2] En Prusse la solde est payée par mois de trente
jours ; le trente-unième ne compte pas.

bossus ; 48 ; la Pièce d'alarme ; 57 ; le Terrible ; 89, la Révolution ; 90, le Grand-père à tous. Je me mis à l'étude, et bientôt je fus de force à faire ma partie.

Laborie, dont j'ai déjà parlé, faisait peu de cas des jeunes officiers sortis de l'École militaire. Mon ignorance le surprenait beaucoup.

— Que diable appreniez-vous donc à Fontainebleau ?

— Les mathématiques.

— Après ?

— L'histoire.

— Après ?

— L'exercice.

— Après ?

— La fortification, le dessin, la géographie, la...

— Mais, *allez-vous de là ?* me dit-il en se mettant en garde, comme pour me porter une botte.

— Aussi bien, nous allons de là.

— Mon cher, c'est ce qu'il faut ; tout le reste est bon à rien, c'est des bêtises.

Les cantinières rendaient de grands services à l'armée tout en faisant leur fortune ; elles étaient bien utiles dans certaines circonstances. Ces femmes, douées d'une énergie peu commune, étaient infatigables ; bravant le froid, le chaud, la pluie et la neige, comme de vieux grenadiers, elles allaient toujours en tous sens pour se procurer les éléments nécessaires à leur commerce. Les gens du monde, qui n'ont jamais manqué de choses indispensables à la vie, ne peuvent pas se figurer de quelle importance est une bouteille de vin, un verre d'eau-de-vie, dans certains moments.

Cela coûtait cher quelquefois, mais l'argent n'est bon qu'à se procurer le nécessaire. Du moment qu'on ne peut plus échanger sa valeur représentative contre du pain, l'or ne vaut pas autant que le fer. Dans la campagne de Russie, les soldats passaient devant les fourgons du trésor, abandonnés sur la route, sans toucher aux écus, parce qu'il n'existait point de boulanger dans le voisinage. La grande affaire de ce monde, c'est le pain, c'est l'est les demandes périodiques doivent toujours être écoutées.

Beaucoup de cantinières avaient de la bravoure comme de vieux grenadiers. Celle de ma compagnie, Thérèse, portait de l'eau-de-vie aux soldats au milieu des balles et des boulets ; elle fut blessée deux fois. Ne croyez pas que l'espoir du gain lui fît affronter les dangers ; c'était un sentiment plus noble, puisque les jours de bataille elle ne demandait point d'argent. Dans ses querelles avec les autres femmes *ejusdem farinæ*, Thérèse triomphait en leur reprochant de ne pas oser faire comme elle. Avec tous ces sentiments généreux, Mme Fromageot était terriblement laide; mais peu de femmes, à ce que j'ai pu voir (honni soit qui mal y pense), ont eu la jambe aussi bien faite. Je vais vous donner sa biographie ; cent fois elle me l'a racontée.

Séduite par un tambour à l'âge de quinze ans, elle le quitta pour un capitaine. Abandonnée à Mons, elle y resta plusieurs années dans le domaine public, mais elle n'exigeait point de rétribution des militaires qui la visitaient. Sa tendresse pour l'armée française était extrême, elle la portait toute dans son cœur. Les paysans payaient pour les soldats ; Mme Fromageot appelait paysan tout ce qui n'avait pas l'honneur de porter l'uniforme.

Cette vie sédentaire l'ennuya bientôt ; elle voulut courir le monde, et, pour compagnon de voyage, elle choisit un *calonnier* de l'armée de Moreau. Celui-ci la vendit quelque temps après pour une bouteille d'eau-de-vie au plus fameux maître d'armes de la République. Cet illustre spadassin avait acquis le glorieux surnom de *Bourreau des Crânes* ; il mourut comme il devait mourir, c'est-à-dire en duel, et les beaux yeux de Thérèse, qui ne perdaient point leur temps à pleurer, firent la conquête d'un brigadier du même régiment. Cet avancement avait flatté son amour-propre ; mais l'homme aux galons de laine buvait tout le bénéfice de la cantine, et, par-dessus le marché, battait la pauvre Thérèse, qui n'était pas de force à lutter avec un aussi vigoureux compère.

On se raccommodait souvent, il est vrai, cela
vaut bien quelque chose ; mais une fois la paix
conclue, il fallait boire, et de là s'ensuivait une
grêle de coups ; de sorte que sa vie s'écoulait
dans un cercle de tendresses et de coups de
bâton dont elle voulut sortir. Elle déserta les
dragons, pour un soldat du train d'artillerie.
« C'était un bon garçon, disait-elle toujours,
« mais *il n'avait pas de toupet ;* il ne sut point
« me garder. Car, voyez-vous, il ne s'agit pas
« d'avoir de la platine (de beaucoup parler), il
« faut encore savoir s'allonger (se battre) dans
« l'occasion. Nous buvions ensemble un jour ;
« Fromageot entre, je lui plais, c'est tout
« simple ; il veut que je le suive, c'est tout
« simple encore, l'autre ne veut pas ; ils sor-
« tent : habit bas, en garde ! une, deux ! le voilà
« mort, et, ma foi ! je suivis Fromageot. »

Thérèse racontait toujours avec orgueil le
mémorable combat dont elle était le prix. Avec
une baguette, elle imitait le vainqueur parant
la *tierce* et ripostant par le coup de *seconde.*
Mme Fromageot assurait qu'aucun maître en fait

d'armes ne pouvait porter un plus beau coup
de pointe. Après cela, vous croirez peut-être
que Thérèse était une méchante femme : pas
du tout ; aimant à rendre service, elle se serait
volontiers exposée pour sauver la vie à quelqu'un. L'histoire du cœur humain est remplie de
semblables bizarreries.

Il était assez drôle de voir ces dames vêtues
de robes de velours ou de satin trouvées par
des soldats, qui les leur vendaient moyennant
quelques verres d'eau-de-vie. Le reste de la toilette n'était pas en harmonie, car les bottes à
la hussarde ou le bonnet de police la complé-
taient d'une manière assez grotesque. Supposez
à présent quelques luronnes ainsi vêtues, à cali-
fourchon sur un cheval flanqué de deux énor-
mes paniers, et vous aurez une idée du coup
d'œil bizarre que tout cela présentait. Ces dames
accouchaient, chemin faisant, au pied d'un
arbre, continuaient leur route, et la mère et
l'enfant se portaient bien. Jamais elles n'ont
eu des vapeurs, ni des maladies de nerfs, et
jamais eau d'orge ni tisanes d'aucune espèce

ne sont venues tempérer le feu produit chez elles par les liqueurs alcooliques. Avec ce régime, elles jouissaient d'une santé de fer ; je serais curieux d'entendre messieurs les médecins des dames de Paris raisonner là-dessus.

Dans les villes, on ne s'occupait pas des can-tinières, on les laissait dans les casernes vivre avec les soldats ; les rencontrait-on dans les rues, on ne daignait pas les regarder. Mais au camp, c'était tout différent ; on avait alors pour elles une certaine considération, les plus laides devenaient jolies ; tel un chasseur affamé dévore avec grand plaisir un morceau de pain sec qu'il trouve par hasard dans le fond de sa carnassière. Les pauvres maris, ou pour mieux dire ceux qui portaient ce titre glorieux, non seulement étaient ce que vous savez bien, mais encore, pour se débarrasser de leur présence, on ne manquait jamais de saisir un prétexte pour les punir, et les faire coucher à la garde du camp. J'ai connu certain de ces maris qui, parce qu'il possédait femme jolie, passait la moitié de son temps à la salle de police. Quand il avait fini son compte avec un des galants de sa chère épouse, un autre le reprenait en sous-œuvre, et les mauvaises langues du régiment allaient jusqu'à dire que sa moitié faisait l'office d'agent provocateur et de dénonciateur pour le faire punir plus souvent, et l'envoyer coucher hors du domicile conjugal.

— Mon lieutenant, je viens me plaindre à vous, me dit un soir le sieur La Cuirasse, heureux époux d'une cantinière jeune et jolie. Ma femme a cru que je passerais la nuit en prison ; j'arrive, elle n'est pas chez moi ; des camarades l'ont vue, elle est dans une chambre avec deux grenadiers.

— Deux ?

— Oui, deux.

— Alors, je n'y vois pas de danger pour vous.

— Oh ! que si, je la connais.

— Diable ! cela vous fait honneur, puisque pour vous remplacer un seul ne suffit pas.

— Le lieutenant aime toujours à rire ; mais vous êtes de semaine, je vous prie de m'accompagner et de me faire rendre ma femme.

Nous la trouverons dans la chambre d'un tel.

— Marchons, je ne dois pas souffrir une telle énormité, le règlement s'y oppose.

Nous voilà dans une espèce de caserne, qui jadis fut un couvent ; les soldats y couchaient deux à deux dans de petites cellules. Nous entrons dans la chambre de nos deux Lovelaces, et nous ne voyons rien ; le mari cherche dans le lit, sous le lit ; peine inutile, point de femme. Comme, à l'exception d'une chaise, aucun autre meuble ne pouvait dérober l'infidèle épouse à nos regards, nous sortons bientôt, et je dis au mari d'aller se coucher avec la persuasion que sa femme n'a point transgressé les lois conjugales, et que demain elle lui donnera probablement des motifs plausibles de son absence.

Une heure après, en passant dans le corridor, je vis sortir madame La Cuirasse de la chambre où nous l'avions cherchée.

— Où diable étiez-vous donc ?

— Lieutenant, ne m'en parlez pas, j'en frissonne encore.

— Vous avez eu peur de votre mari, de moi
peut-être ?

— Ah ! bien oui, j'avais bien le temps d'avoir
peur de vous. Imaginez-vous, mon lieutenant,
qu'en vous entendant venir, les deux grenadiers
m'ont fourrée dans un sac qu'ils ont suspendu
contre la muraille en dehors, en me faisant sortir par la fenêtre ; j'étais là comme un serin
dans une cage... et si le clou n'avait pas été solide... Oh !· j'en mourrai peut-être, oh ! j'en
mourrai bien sûr !

Laborie passait à la cantine tout le temps
que le service militaire ne réclamait pas ; il ne
manquait jamais de dire, en s'asseyant vis-à-vis
sa bouteille de vin ou son petit verre : « Ah !
nous sommes mieux ici qu'à Eylau. » Cette bataille d'Eylau revenait toujours dans ses propos,
elle servait de point de comparaison, c'était
pour lui le superlatif de la misère. Nul ne pouvait avoir de mérite aux yeux de Laborie, s'il
ne s'était point battu dans la plaine d'Eylau.

Nous recevions le *Journal de l'Empire;* un jour, après l'avoir lu, je dis à Laborie :

— On annonce un ouvrage que je veux faire venir de Paris.

— Qu'est-ce que c'est ?

— *Le Précis de la Géographie universelle.*

— Qui a fait ça ?

— Malte-Brun.

— Qu'est-ce que c'est que ton Malte-Brun ?

— C'est un de nos meilleurs géographes.

— De quel régiment est-il ?

— Il n'est pas militaire, c'est un savant, un homme de très grand mérite ; il demeure à Paris.

— C'est un fameux lapin, ton Malte-Brun ! j'aurais voulu le voir à Eylau avec sa géographie et de la neige jusqu'aux genoux, avec sa science et pas de pain, avec son mérite et rien à boire. Il fallait qu'il y vînt, nous aurions vu s'il aurait fait des livres.

Nous avions à l'armée des cantinières qui, par la bravoure et les talents de leurs maris, s'étaient élevées fort haut. Les unes s'appelaient

madame la baronne, d'autres madame la générale ; quelques-unes même, en se réveillant un
beau matin, s'étaient trouvées madame la du-
chesse. J'en ai connu qui s'ennuyaient dans
leurs beaux salons, regrettant la vie animée,
remplie d'épisodes, qu'elles avaient jadis.

J'en ai connu d'autres qui, traînées dans un
bel équipage à quatre chevaux, trouvaient fort
inconvenant de voir leur marche retardée par
les nouvelles débutantes perchées sur un cheval rétif, entre deux barils. Elles oubliaient
qu'autrefois la rencontre d'une belle voiture
les contrariait tout autant. Un soir, à Fontainebleau, les comédiens français venaient de jouer
le *Mariage de Figaro* devant l'Empereur. Lorsque le rideau fut baissé, le maréchal Lannes
s'écria : — Quand je pense qu'autrefois j'ai failli
me faire étouffer pour voir cette comédie ! eh
bien ! aujourd'hui je n'y trouve rien d'amusant.

— Voici pourquoi, lui répondit Napoléon :
c'est qu'alors vous étiez au parterre, et qu'à
présent vous êtes aux premières loges.

V

LES LOGEMENTS

Les soldats voyageant en France reçoivent un billet de logement qui leur donne *place au feu et à la chandelle;* aussi nos Romains de l'Empire préféraient-ils l'Allemagne à la France. Chez les bons Allemands ils trouvaient leur dîner prêt, la solde restait intacte et pouvait servir à d'autres usages, la petite goutte, le tabac et le reste. En Espagne, c'était souvent pire qu'en France ; ils ne trouvaient chez leurs hôtes ni feu ni chandelle.

Pour se faire bien servir, les soldats avaient une singulière méthode. Logeant plusieurs ensemble, ils convenaient de leurs rôles avant d'entrer chez le paysan. Un d'eux faisait le méchant : il jurait, tempêtait, tirait son sabre, et menaçait tout le monde. Les femmes avaient peur, et quelquefois les hommes aussi. Le maître de la maison arrivait ; alors les autres camarades, faisant les bons apôtres, lui disaient que le tapageur était le meilleur garçon du monde, mais qu'il fallait savoir le prendre ; aussitôt ils indiquaient le côté faible.

« Il aime la bonne chère, le bon vin ; que
« voulez-vous ? c'est sa manie. Quand on le sert
« à sa fantaisie, il est doux comme un mouton,
« comme un enfant qui vient de naître ; mais
« lorsqu'on ne lui donne que des pommes de
« terre à manger, ou de mauvaise bière à
« boire, il devient terrible. Tenez, hier encore,
« pas plus tard, à huit lieues d'ici, ce vrai dé-
« mon a mis le feu chez un paysan qui poussa

« la malhonnêteté jusqu'à mettre de l'eau dans
« le vin qu'il nous donna. »

Ces discours, amplifiés, paraphrasés par l'escouade, faisaient ordinairement grande impression ; l'hôte s'exécutait de bonne grâce, nos gaillards ne demandaient pas mieux, et tout se passait fort bien.

Nous n'étions pas aimés en Allemagne, il s'en faut de beaucoup. Le séjour ou le passage des régiments français était une charge énorme pour le pays. On abhorrait notre armée en masse, mais on en aimait les individus. Le caractère jovial, franc et ouvert des Français leur conciliait facilement l'amitié des bons Allemands, qui sont en général sérieux. Malgré les haines de peuple à peuple, il était rare qu'une heure après son arrivée, le soldat français qui voulait faire un peu de frais ne fût aussi bien vu de son hôte que s'il en avait été connu depuis dix ans. Partagez leurs goûts, fumez, buvez de la bière, les Allemands vous aimeront. Et puis on leur avait tant dit que les Français étaient des diables, que lorsqu'ils

avaient affaire à des gens bien élevés, rien
n'était épargné pour témoigner la joie qu'ils
éprouvaient !

En Espagne, on n'aimait pas plus les individus que les masses. Dans un soulèvement général, un Espagnol aurait égorgé le Français
dormant sous son toit, un Allemand l'aurait
sauvé. Presque partout, en Allemagne, je fus
bien reçu ; presque partout on m'a prié de revenir, si le hasard m'en donnait l'occasion.

Il ne faut pas qu'un soldat prenne ces invitations au pied de la lettre, ce sont des formules
honnêtes qu'on lui jette quand il sort. Un jour
je m'avisai de revenir chez un brave Allemand ;
il ne me reconnut point, il fallut décliner mes
nom et prénoms, âge et qualités ; aussi, votre
serviteur

Jura, mais un peu tard, qu'on ne l'y prendrait plus.

Une fois arrivé dans un logement, officier,
sous-officier ou soldat, tout le monde songeait à
faire sa cour à la dame ou bien à la demoiselle
de la maison ; souvent cela ne servait à rien,

quelquefois on réussissait; dans tous les cas c'était toujours bon pour se tenir en haleine.

Mon capitaine était marié, mais il l'oubliait souvent; j'ai connu bien des officiers qui, dans certaines circonstances, n'avaient pas plus de mémoire. Dans tous ses logements il se faisait passer pour garçon; voyait-il une jeune fille, aussitôt il lui contait fleurette, parlait mariage, et de temps en temps on l'écoutait. Mariage! vous le savez, ce mot est magique pour une demoiselle.

Mon capitaine se faisait écouter au moyen de ce petit mensonge, et moi qui toujours avais une déclaration toute prête, mais qui ne possédais pas la figure d'un épouseur, j'étais repoussé très souvent avec perte, quoique j'eusse vingt ans de moins que mon rival. Le respect dont j'ai toujours fait profession pour les bonnes mœurs, pour la fidélité conjugale, et peut-être un peu de jalousie, me firent imaginer un moyen pour le supplanter. Aussitôt que mon homme entrait en matière et commençait à faire le galant :

— Capitaine, lui disais-je tout haut, le vaguemestre [1] vient d'arriver ; je crois qu'il vous apporte une lettre de votre femme.

— Taisez-vous donc, me répondait-il tout
bas. Mais j'avais l'air de ne pas comprendre, et
je continuais bravement :

— Napoléon, votre fils aîné (tous les fils d'officiers s'appelaient Napoléon), doit être grand,
il doit faire des progrès ; c'est un garçon fort
intelligent ; est-il toujours au Lycée d'Anvers ?

— Que vous importe ?

— Et la petite Hortense (toutes les filles d'officiers s'appelaient Hortense ; plus tard elles
ont pris le nom de Marie-Louise), la petite Hortense est-elle toujours espiègle ?

— C'est bon, c'est bon, cela ne vous regarde
pas.

— Ma foi, c'est bien agréable d'être marié,
d'avoir des enfants, on se voit renaître ; cette
vie de garçon est souvent bien ennuyeuse, et

---

[1] Le vaguemestre est un sous-officier qui va chercher
à la poste les lettres du régiment ; il les distribue à
tous ; c'est un facteur militaire.

pour l'abandonner je n'ai jamais été plus disposé qu'aujourd'hui.

Aussitôt la demoiselle mettait plus de froideur dans ses réponses au capitaine, bientôt elle ne le regardait plus ; il était marié, par conséquent c'était un être inutile. Tout le terrain qu'il perdait, je le gagnais insensiblement, et quelquefois je me suis bien trouvé de ces indiscrétions.

Les Allemands n'aimaient pas à loger des officiers mariés, ces dames étaient en général fort exigeantes ; comme elles voulaient passer pour femmes *bien nées*, elles ne paraissaient jamais contentes, ni du logement, ni de la table, pour laisser croire que c'était beaucoup mieux sous le toit paternel.

Partout où j'ai logé, mon hôte m'a dit qu'il préférait dix soldats à la femme d'un officier. En Allemagne, on aimait mieux recevoir quatre Français qu'un Allemand de la Confédération du Rhin. Les Bavarois, les Westphaliens, les Wurtembergeois étaient intraitables ; ils débutaient par des coups de plat de sabre, et quel-

quefois ils allaient plus loin, tandis que les
Français s'arrêtaient presque toujours aux me-
naces.

Les Allemands sont réguliers, méthodiques
dans les petites choses comme dans les grandes.
Par exemple : les bourgmestres ont de longs
ciseaux pour couper le papier et séparer deux
billets de logement, qu'ils taillent et retaillent
en équerre sur les quatre côtés. Un de ces messieurs ne pouvait pas, disait-il, me donner mon
billet de logement parce qu'il ne trouvait point
ses ciseaux. — Je lui fis observer qu'un canif,
un couteau, devaient conduire au même résultat. — « Pas possible, répondit-il, jamais cela
ne s'est fait ainsi. » Je pris alors les deux
billets ; en déchirant la feuille je les séparai. Ce
brave homme en eut un vrai chagrin ; il grom-
melait entre ses dents, et ce ne fut qu'après un
bon quart d'heure que j'obtins mon billet. L'injure avait été grande, la vengeance le fut aussi,
car je n'ai jamais été si mal logé que ce jour-là.

Après avoir logé chez un savetier, le lendemain nous nous trouvions dans un palais, c'est

ce qui nous arriva dans les environs d'Ulm. Le prince Henri de Wurtemberg était exilé par le roi son père ; en attendant qu'il pût rentrer en grâce, il menait joyeuse vie au château de Wippling. Son Altesse eut la bonté de nous inviter à dîner avec elle, nous acceptâmes : les officiers acceptent toujours.

Le prince ne buvait que du vin de Champagne ; depuis le commencement du dîner jusqu'au dessert, on le versa par flots ; nous trouvâmes d'abord cette mode bizarre, mais bientôt nous y fûmes accoutumés.

En parcourant le duché d'Anhalt-Dessau, nous éprouvions un désir vague d'y vivre toujours ; en voyant le prince qui le gouvernait alors, nous nous serions volontiers soumis à toutes ses lois sans lui demander les garanties d'un gouvernement représentatif. C'était un bon père au milieu de ses enfants ; jamais ils ne demandaient pourquoi le chef faisait telle chose, sachant qu'il ne pouvait faire que bien.

Cet heureux pays n'est pas si grand que tel département de la France, mais c'est un vaste

jardin. Toutes les routes sont bordées de chaque
côté par trois rangs de cerisiers, ce qui présente
un magnifique spectacle au mois de juin, lorsque les arbres sont chargés de fruits ; on fabri-
que avec toutes ces cerises une énorme quantité de *kirschenwasser*.

Un pays où nous étions fort bien et fort mal,
c'est la Pologne : indigence et luxe, voilà ce
qu'on y rencontre à chaque pas. Les villages y
sont d'une effroyable saleté ; dans chaque maison de paysans, on trouve une chambre, ou
pour mieux dire une écurie où couchent la
vache, les chevaux, les poules, etc. ; le quart
de la pièce est occupé par un énorme poêle qui
sert de lit à toute la famille. Le père, la mère,
la fille, le gendre y couchent ensemble, sur de
la paille placée au-dessus, et tout s'y passe à
peu près comme dans un troupeau de cochons.
Sortez de cette baraque, où vous avez laissé la
nature humaine dans son état primitif, allez au
château, vous y trouvez tous les raffinements
de la civilisation : bibliothèque choisie, toute
la politesse des gens bien élevés, conversation

agréable, enfin le confortable autant qu'il est possible de l'avoir en Pologne. Un voyage dans ce pays est une suite perpétuelle d'antithèses.

Le pain n'entre presque pour rien dans la nourriture des Polonais ; tous leurs mets sont assaisonnés de pâtes et de farines. Ils boivent ordinairement de mauvaise bière ; dans beaucoup de châteaux où j'ai dîné. je n'ai vu qu'un verre au milieu de la table, et chacun le vidait à son tour. J'ai vu de fort belles demoiselles, charmantes, bien élevées, buvant après un vilain saligot d'intendant à longue barbe, sans aucune répugnance.

En Pologne, j'ai vu des demoiselles ayant l'habitude bizarre de se coller sur le visage des pepins de poire bien noirs ; cela ressemblait aux mouches dont nos dames se tatouaient jadis, et faisaient ressortir la blancheur de leur teint.

— Je suis surpris, dis-je un jour à l'une d'elles, que vous parveniez à placer vos pepins au même endroit que la veille.

— Mais je ne les ôte jamais.

— Vous ne vous lavez donc pas le visage ?

— A quoi bon? mon visage est toujours
propre.

J'avais établi mon quartier général de sous-
lieutenant au château de Kludziensko (cinq
lieues de Varsovie); le propriétaire l'avait
abandonné, j'en étais seigneur et maître.
Le récit d'une petite aventure qui m'arriva
dans ce château prouvera, mieux que tout ce
que je pourrais dire, l'excès de misère des
paysans polonais. J'étais seul dans ma chambre,
le soldat qui logeait avec moi couchait dans
une pièce voisine ; une nuit, je suis réveillé
par le bruit de ma porte que l'on ouvre avec
précaution, et je vois, à la lueur de mon feu
presque éteint, la figure barbue d'un paysan
commensal du logis, et qui sciait ordinairement
le bois dont je me chauffais. Il regarde, et
comme je faisais semblant de dormir, il entre.
Ne sachant à quelle intention cet homme
venait dans ma chambre à cette heure, j'étends
doucement la main, je saisis mon sabre qui
était près de mon lit, et je me tiens prêt à le
lui passer au travers du corps, si j'aperçois

quelque démonstration hostile ; mais le pauvre diable était loin d'en vouloir à mes jours, un paquet de chandelles était le but de cette expédition nocturne ; je l'avais suspendu près de la cheminée, le voleur se dirigea de ce côté, l'enleva, sortit et ferma la porte. Si malheureusement les chandelles eussent été placées près de mon lit, j'aurais cru que cet homme venait pour m'assassiner, et probablement je l'aurais tué.

Étonné qu'on pût s'exposer ainsi pour si peu de chose, je désirai savoir à quoi mes chandelles pourraient lui servir ; car en Pologne, et même dans beaucoup de villages allemands, les paysans ne se servent pour s'éclairer dans leurs veillées que de lattes de sapin qu'ils brûlent l'une après l'autre, et je ne pensais pas que mon homme voulût mettre du luxe dans l'éclairage de sa cabane enfumée. Je m'habillai sur-le-champ, je connaissais sa maison, j'y courus. A travers un mauvais châssis vitré, je vis que l'on faisait frire mes chandelles avec des pommes de terre ; toute la famille de ce pauvre diable attendait avec impatience le moment de savourer un mets aussi délicat, elle regardait avec un air joyeux tous les détails de l'opération culinaire, et bientôt ils parurent tous satisfaits en dévorant ce singulier ragoût. Je rentrai chez moi la tête pleine de réflexions philosophiques, et jamais ce paysan n'a su que je connaissais mon voleur de chandelles.

Les boues de Pultusk ont été malheureusement célèbres : des cavaliers s'y sont noyés avec leurs chevaux ; on en a vu d'autres se brûler la cervelle, désespérant de pouvoir en sortir.

A propos des boues de Pultusk, je raconterai la triste aventure d'un officier du génie. Il se trouvait embourbé jusqu'au menton, et ne pouvait pas s'en tirer. Un grenadier arrive :

— Camarade, lui crie l'officier, venez à mon secours, je suis perdu, je me noie ; la boue va bientôt m'étouffer...

— Qui es-tu ?

— Je suis officier du génie.

— Ah ! tu es un de ceux qui font des problèmes ; eh bien ! tire ton plan.

Et le grenadier passa son chemin. Les soldats n'aimaient pas les officiers du génie, parce qu'ils ne les voyaient jamais se battre à la baïonnette. Ils avaient peine à concevoir que l'on pût rendre des services à l'armée avec un crayon et un compas, et ils ressemblaient à Laborie, qui ne croyait point que Malte-Brun fût bon géographe, par la raison que ce savant ne s'était pas trouvé sur le champ de bataille d'Eylau.

En Espagne, quelle différence avec nos logements d'Allemagne, et surtout avec le bon visage de nos hôtes ! A la propreté la plus recherchée, à la bonhomie des habitants d'outre-Rhin succédaient la saleté, la mine renfrognée des Espagnols. Bien plus, quoique habitués au climat de la Pologne, nous avions froid en Espagne. Dans la Biscaye, dans la Castille, il est impossible de se réchauffer en hiver ; on ne s'y doute pas qu'une porte, une fenêtre, sont faites pour être fermées. On ignore ce que c'est qu'un parquet, un tapis ; le métier de ramoneur est inconnu, car il n'existe pas de cheminées. Dans les cuisines, on voit un trou d'où s'échappe la fumée, quand elle veut s'échapper. Dans les grandes villes, comme Burgos et Valladolid, on compte une ou deux cheminées chez les grands seigneurs, encore la plupart ont été construites par des généraux français qui voulaient être logés confortablement. Le général Dorsenne a fait bâtir une cheminée dans tous ses logements.

Quand nous logions dans les auberges, comme c'était militairement, on ne nous faisait pas payer le bruit : la carte eût été trop longue pour l'exiguïté de nos bourses, car nous nous vengions quelquefois, en chantant tout haut, des privations que nous imposait la frugalité castillane. Cette vengeance arrivait à son adresse, elle frappait toujours juste. De tous les peuples du monde, l'Espagnol est certainement celui qui mange et boit le moins ; avec ce que consomment à Paris cent bourgeois, on nourrirait mille Espagnols.

Si les Espagnols sont taciturnes et peu causeurs, les femmes sont vives, pétillantes, aiment à babiller, et s'en acquittent fort bien. En général elles ont très peu d'instruction, mais l'esprit naturel et la grâce qu'elles ont à dire des riens empêchent qu'on s'en aperçoive tout de suite. Elles possèdent à fond le vocabulaire galant ; toutes les phrases d'amour, de sentiment, leur sont familières ; elles en ont un répertoire immense. Dans l'occasion tout cela coule comme d'une source, on dirait qu'elles les ont apprises par cœur. Aussitôt que je m'aperçus de leur goût, je composai quelques tirades bien ronflantes, je me mis à les débiter par écrit et de vive voix, et tout se passa fort bien.

Il existe avec les Espagnoles un grand agrément : c'est qu'elles ne vous font pas languir trop longtemps. L'essentiel est de leur convenir ; lorsque vous êtes aimé, l'on a bientôt passé par tous les préliminaires, et vous ne tardez pas à parvenir au but. J'ai lu, je ne sais où, qu'un amant disait à sa maîtresse : « Mais comment « ferons-nous ? Votre mère ne vous quitte pas « d'un instant. — Tâchez de me plaire assez, « lui répondit-elle, et ne vous inquiétez pas du « reste. » Les Espagnoles semblent toutes vous

tenir ce langage : « Occupez-vous de moi,
« plaisez-moi si vous pouvez, ne songez point à
« mon mari, ne vous occupez pas des autres
« surveillants ; ils auront beau faire, l'heure du
« berger sonnera ; le plus tôt sera le meilleur. »

Tout en distillant le sentiment, si je puis
m'exprimer ainsi, les Espagnoles en aiment
beaucoup la suite nécessaire. Après avoir plané
dans les nuages, elles retombent avec plaisir
sur la terre pour y goûter des jouissances plus
positives.

Lorsque les Espagnoles prononcent le nom
du diable, elles font un signe de croix sur la
bouche avec le pouce de la main droite, et le
nom de Napoléon était traité comme celui du
diable. Je logeais à Pampelune chez une jeune
femme charmante ; je voulus *papillonner* autour d'elle, mais je fus toujours repoussé.
Chaque fois que je rencontrais ma jolie hôtesse
et que je voulais faire le galant avec elle, cette
pauvre dame reculait aussi loin que possible, se
mettait dans un coin, tremblante de frayeur, et
là, le pouce de sa main droite agissant avec une

extrême vitesse, décrivait des milliers de signes de croix pour empêcher le diable, qui sans doute était en moi, de sortir avec mes paroles et de s'introduire en elle. Quoiqu'il soit bien malin, je réponds que, pour cette fois, il en fut pour sa peine; on faisait trop bonne garde. Toujours un signe de croix le renvoyait, et quelque diable que l'on soit, on ne saurait lutter contre de pareils moyens de défense.

Et tout cela parce que j'étais soldat de Napoléon; certainement le bourreau, de retour d'une exécution, n'aurait pas inspiré plus d'horreur que moi. Je voulus d'abord, par amour-propre, insister auprès d'elle pour l'amener à d'autres sentiments, mais je fus obligé d'y renoncer, car elle était prête à s'évanouir lorsque je voulais la retenir un instant pour me faire écouter.

Heureusement que toutes les Espagnoles ne ressemblaient pas à la señora Juana; pour vous le prouver, je vais terminer ce chapitre, déjà bien long, par mon aventure avec la belle Encarnacion. Je puis m'écrier avec un grand écrivain : « Première promenade avec Atala

« dans le désert, il faut que votre souvenir soit
« bien puissant, puisqu'après vingt-six ans vous
« faites encore battre le cœur du vieux Chactas. »
C'était à Burgos, le lendemain de mon arrivée,
à la pointe du jour ; j'étais couché, je ne dormais plus, mais je n'étais pas encore bien
éveillé. Tout à coup, j'entends crier ma serrure,
et je vois entrer une femme qui ferme aussitôt
la porte à double tour. — « Ami Sancho, me dis-
je, c'est à présent que nous allons enfoncer nos
bras jusqu'au coude dans ce qu'on appelle aventure. » J'étais disposé pour tous les cas possibles
à tous les événements.

Voulant profiter des avantages que me donnait ma position, je résolus de faire le dormeur.
Cependant mes yeux cachés dans les plis des
draps ne perdaient point de vue la personne qui
venait me faire une visite aussi matinale qu'extraordinaire. Le reflet du jour qui commençait
à poindre tomba sur sa figure... Je n'ai jamais
rien vu de plus beau : sa taille était un modèle,
même en Espagne ; ses formes, que le crépus-
cule laissait deviner, me parurent ravissantes ;

l'imagination ne saurait créer quelque chose de
plus parfait.

Voyons ce qui pourra de ceci devenir,

me dis-je en ronflant légèrement pour faire voir
que j'étais là.

Elle s'approche tout doucement de mon lit,
dépose un petit baiser sur mon front. — Il dort!
dit-elle. Je n'eus point envie de soutenir le contraire, quoique je fusse terriblement éveillé.
Bientôt la belle inconnue se déshabille ;

Chaque voile qui tombe offre un charme de plus.

Jugez de ma situation. Mon cœur battait si
fort, qu'on aurait pu l'entendre à vingt pas ; je
suffoquais. Certes, il ne m'aurait point été possible de rester cinq minutes de plus dans cette
position. La belle dame en brusqua le dénouement ; un instant après, je la vis à côté de moi ;
je me retournai : — « Comment vous portez-
vous ? » lui dis-je.

Je n'essaierai pas de peindre l'étonnement
de Mlle Encarnacion, je ne pourrais jamais y

parvenir. Cette tendre Castillane visitait depuis
longtemps un officier français qui, la veille
encore, occupait le même logement que moi.
Un ordre subit l'avait fait partir pour Valladolid ; Encarnacion l'ignorait, et grâce à cette
heureuse méprise je me voyais seul avec elle.
Une scène de désespoir fut parfaitement jouée ;
on versa bien des pleurs, et j'employai toute ma
rhétorique à les tarir. J'avais de très grands
moyens de persuasion, une logique serrée,
une éloquence pleine de logique ; j'étais toujours
prêt à fournir la preuve de ce que j'avançais.
Mais aujourd'hui

Quantùm mutatus ab illo !

Enfin... n'importe, ce n'est pas d'aujourd'hui
qu'il s'agit.

Je parlai, je priai, je suppliai ; le diable se
mêla, je crois, de l'affaire, car il faut toujours
qu'il se fourre partout, et bientôt nous fûmes
les meilleurs amis du monde. Quelle horreur !
diront les belles dames qui me liront, si toutefois elles me lisent ; quelle horreur ! votre de-

moiselle Encarnacion n'aimait donc pas l'autre?
Pardonnez-moi, madame, elle l'aimait beaucoup... quand elle entra ; je ne répondrais pas
que ce fût de même lorsqu'elle sortit, car enfin
le premier était absent, et vous connaissez le
proverbe. D'ailleurs, répondez-moi : qu'auriez-
vous fait à sa place ? La position était critique ;
dans un cas pareil, résister un quart d'heure,
c'est beaucoup ; elle s'en tira certainement avec
tous les honneurs de la guerre.

> Que l'on la blâme ou non, je sais plus d'une belle
> A qui ce fait est arrivé,
> Sans en avoir moitié autant d'excuse qu'elle.

Nous avions commencé le roman par la queue ;
nous terminâmes l'entrevue par les déclarations
les plus tendres et les serments d'usage. Cette
manière d'opérer est assez drôlette ; je la conseille à mes lecteurs et surtout à mes lectrices.
Mesdames, essayez-en, vous vous en trouverez
bien, et puis cela fait diversion ; rien n'est en-
nuyeux comme le pâté d'anguille quand on en
mange tous les jours.

Une grosse servante de la maison, une espèce

de Maritorne, confidente de mon prédécesseur, avait vu la belle Encarnacion se glisser dans ma chambre. Elle était sur le point de la prévenir, mais l'idée du quiproquo l'ayant beaucoup amusée, elle avait laissé les choses suivre leur cours naturel. — D'ailleurs, me dit-elle, à votre figure j'ai jugé hier que vous étiez un bon enfant. Je la récompensai de sa discrétion, et même je crois que je l'embrassai.

Pendant une semaine de séjour à Burgos, Encarnacion me donna tous les moments dont elle pouvait disposer, mais il fallut partir. Je mis tous mes soins à la bien informer du jour et de l'heure exacte de mon départ pour qu'elle ne s'exposât plus à semblable méprise. Elle me jura, je lui jurai, nous nous jurâmes amour éternel, fidélité pour la vie. Tous ces serments, on sait bien qu'on ne les tiendra pas ; on se trompe mutuellement, du moins on croit se tromper ; mais chacun y gagne une illusion, et c'est d'illusions que se compose cette réunion de fragments éparpillés qu'on appelle la vie. Si depuis cette époque j'ai quelquefois oublié mes promesses, j'aime à croire que mademoiselle Encarnacion n'aura pas eu plus de mémoire que moi.

A Duenas, où nous allâmes en quittant Burgos, je fus fidèle et très fidèle. Dans cette bicoque rien n'était plus facile que de tenir des serments amoureux, aussi je suis loin de vouloir m'en faire un mérite ; semblable à l'âne de Voltaire :

Je fus vainqueur de mon tempérament ;
La chair se tut, je n'eus point de faiblesses ;
Je vécus vierge ; or, savez-vous comment ?
Dans le pays il n'était point d'ânesses.

VI

LES MAITRES D'ARMES ET LES DUELLISTES

Dans tous les régiments il existe un homme que les soldats respectent au moins autant que leur colonel, et cet homme, c'est le maître d'armes. Il a plusieurs lieutenants qui, sous le nom de *prévôts*, exercent une part de cette autorité morale que le grand maître leur délègue. A mon arrivée au régiment, je priai M. Malta... de me donner des leçons de son art que je connaissais très imparfaitement.

C'était un bon original ; les choses dont il se

vantait le plus, et qu'il regardait comme des
titres de gloire, étaient précisément celles qu'un
homme d'honneur rougirait d'avouer. Il avait
cherché querelle à tous les plus fameux de son
temps, et il les avait tués par douzaines. Je crois
qu'il exagérait un peu le nombre des morts;
cependant, si l'on parlait en sa présence de
quelque célèbre spadassin, je puis assurer que
son plus grand désir était de se mesurer avec lui;
le plus beau titre qu'il ait jamais ambitionné,
c'est celui de *Bourreau des Crânes*. J'étais do-
cile à ses leçons, et il paraissait fort content de
mes progrès. « Mon lieutenant, me disait-il un
« jour, si vous continuez, dans deux mois je
« vous apprendrai la politesse. » Il entendait
par là qu'il m'enseignerait le salut des armes
et toutes les simagrées de civilité qui précèdent
ordinairement un assaut.

Lorsque nous fûmes arrivés au point où je
pus apprendre la politesse, M. Malta... m'engageait toujours à faire de grands yeux en saluant.
« Mon lieutenant, ouvrez les yeux... encore...
« davantage... Quand vous saluez, il faut ouvrir

« les yeux comme des verres de montre ; il faut
« faire voir qu'on est présent. » Lorsque nous
voulions le mettre en colère, nous vantions
devant lui les maîtres d'armes des autres régiments ; alors M. Malta... levait les épaules en
signe de mépris, et finissait toujours par dire :
« Aucun de ces gens-là ne serait digne de
« balayer ma salle d'armes. »

Parmi ses prévôts, le sieur Dupré, tambour,
tenait un rang très distingué ; c'était son coad-
juteur, son successeur, l'héritier présomptif
d'une si belle renommée. Dans les cabarets,
Dupré se faisait payer à boire par le premier
venu, ou bien il invitait les récalcitrants à se rendre sur le terrain pour *se rafraîchir à coups de
sabre :* c'était son expression favorite. Jamais
plus insolent personnage ne fut coiffé du shako
sur l'oreille, ne fut armé du briquet tapageur.

— « Tu vois bien ce cuirassier qui boit tout
seul, disait un jour Dupré à son camarade
l'Étoile ; attends, je vais le démolir.

— Prends-y garde ! s'il se laisse tomber sur
toi, tu seras écrasé.

— « Mon sabre le forcera de tomber sur le dos. »

Et Dupré s'approchant, saisit le verre de l'homme au gilet de fer et l'avale d'un trait. Il est bon de vous dire qu'un ferrailleur fantassin préfère toujours chercher querelle à un cavalier : le cavalier, c'est son ennemi naturel. Parmi les gens à cheval, il choisira le cuirassier, surtout si celui-ci est très grand et très gros; s'il le tue, l'action mérite plus d'éloges.

— « Camarade, vous vous trompez.

— C'est vous plutôt qui n'y voyez pas clair.

— Vous me prenez pour un autre.

— Pas du tout, mon cher; c'est fait exprès.

— Vous venez donc pour me chercher querelle ?

— Certainement; tiens ! il commence à s'en apercevoir.

— Si je te mets dans ma botte, elle te servira de salle de police

— Oui, mais il faut m'y mettre, et tu seras mort auparavant.

— Mille tonnerres !

— Pas de bruit, mon ami; doucement, ne

crions pas; entre Français il y a manière de
s'arranger; viens par ici pour me montrer ta
botte.

— Et mon sabre en même temps. »

Cinq minutes après, le cuirassier rendait le
dernier soupir.

Cependant un jour Dupré trouva son maître :
le sabre d'un jeune conscrit le traversa de part
en part. On vint nous annoncer cette nouvelle,
tout le monde en fut enchanté; chacun disait
que ce mauvais drôle n'avait reçu que ce qu'il
méritait. Toutefois le chirurgien major se
transporta sur le champ de bataille; il voulut
retirer le fer de la blessure pour appliquer un
appareil; la chose fut d'abord jugée impossible,
parce que le poids du corps, en tombant, avait
fait recourber la pointe du sabre. Il fallut appeler l'armurier, qui la redressa. L'opération fut
longue; ce malheureux devait souffrir horriblement; rien cependant ne paraissait sur sa figure;
au contraire, tout en disant des plaisanteries
aux assistants, il engageait le chirurgien à bien
faire son devoir. Le sabre fut retiré, la bles-

sure pansée; Dupré resta deux mois à l'hôpital,
et puis... il en sortit plus mauvais sujet qu'auparavant. Cent mille honnêtes gens en seraient
morts, Dupré n'en mourut pas. Au reste, il est
remarquable que tous ces ferrailleurs étaient en
général de fort mauvais soldats : l'homme qui,
comptant sur sa force, cherche querelle aux
faibles, est nécessairement un lâche. Les jours
de bataille, ces tapageurs avaient sans cesse un
nouveau prétexte pour rester en arrière; on ne
les revoyait que le lendemain. Un conscrit à
leur place aurait reçu *la savate* [1]; mais *la raison* qu'ils présentaient toujours au bout de
l'épée ou du sabre fermait la bouche à toute la
compagnie.

Le tambour est en général duelliste, maître
d'armes, ou du moins prévôt de salle. Le tambour est taquin, difficile à vivre, goguenard,
toujours prêt à mettre flamberge au vent : c'est

[1] Lorsqu'un soldat fait le lâche, ou bien lorsqu'il
commet un grave délit envers ses camarades, ceux-ci
le condamnent à recevoir cinquante coups de savate,
plus ou moins, quelque part. Ce sont les juges qui sont
les exécuteurs de la sentence.

le gamin de Paris revêtu de l'uniforme. Ne portant point de fusil, n'ayant pour toute arme qu'un sabre, il s'en sert mieux que les autres soldats; il le caresse, il le polit, il le manie tant que le jour dure, et quand vient l'occasion de dégainer, la lame ne tient pas au fourreau. Non seulement il est habile à tirer l'espadon, mais encore il sait tirer la pointe. Lorsqu'il voyage, regardez le dessus de son havresac : deux fleurets mouchetés, roulés dans la capote, présentent aux amateurs leurs pointes aiguisées garnies de deux bouchons pour empêcher la rouille.

Tant qu'il est en garnison, le tambour-prévôt porte le briquet d'ordonnance, il le faut; s'il le perdait, on le forcerait d'en acheter un autre au magasin du régiment. Mais du moment qu'on entre en campagne, il rejette bien loin cette lame vulgaire pour mettre à la place un carrelet qu'il a grand soin de monter en *quarte.* C'est à ce signe qu'on reconnaît tous les *malins* d'un régiment; ils ont tous la poignée du sabre d'ordonnance, mais une épée longue d'une aune

vient à chaque pas frapper leur talon droit.
Certes, ce n'est point commode en marchant;
il faut cependant souffrir quelque chose pour
se donner un air féroce. On se fait craindre, on
le pense du moins, et ce plaisir est grand chez
ces messieurs.

J'ai vu des maîtres d'armes se battre ensemble sérieusement, sans motif, sans haine,
sans cause qui pût faire naître un duel. Ils se
battaient pour essayer leurs forces; l'un d'eux
était tué, l'autre se pavanait en ajoutant un
triomphe de plus à ses exploits passés. J'en ai
vu qui, dans un assaut, se querellant sur une
botte niée, d'un commun accord ont quitté le
fleuret pour l'épée et se sont battus devant cinquante spectateurs qui les laissaient faire. « Tu
ne la nieras point celle-là ! » disait le vainqueur
en perçant son adversaire. Il serait difficile en
effet de ne pas avouer un coup d'épée qui vous
traverse la poitrine. Un maître d'armes avait
placé sur sa porte cette singulière enseigne :
« Ici on se bat depuis dix heures jusqu'à
quatre. »

Je passais un jour sur le pont de Stettin ; j'allais au faubourg Lastadie ; là, je fis rencontre d'un *prévôt*, sapeur, ivrogne, mauvais sujet ; il réunissait ces quatre qualités en sa seule personne. Notre homme avait bu comme toujours ; il parlait tout seul, marchait en zigzags ; et pour me servir d'une expression de soldat, il était brouillé avec l'équilibre, et faisait des festons. — «Comment ! disait-il en s'arrachant les poils de sa longue barbe, je ne trouverai pas dans toute la garnison un bon enfant qui viendra s'aligner avec moi ? pas un qui voudra que je lui fasse une boutonnière au milieu du ventre ? Autrefois j'en aurais rencontré cent prêts à mettre le sabre à la main ; aujourd'hui pas un ; vous êtes tous des soldats du pape! Si j'étais à la place de l'Empereur, je vous mettrais tous à la gueule d'un canon, et j'y mettrais le feu pour vous apprendre à vivre.

— Eh ! qu'as-tu donc ? mon ami, lui dit un de ses camarades qu'il rencontra pêchant à la ligne au bout du pont.

— Ce que j'ai ? tu me demandes ce que j'ai ?

Eh bien ! je vais te le dire ce que j'ai. J'ai que depuis deux heures je cherche un bon enfant qui veuille venir se rafraîchir à coups de sabre, et je n'en trouve point ; je les provoque tous, et pas un ne se fâche.

— Si tu le veux, je suis prêt à te rendre ce service-là.

— A la bonne heure, c'est parler ça ! j'avais toujours bien dit que l'on pouvait compter sur toi. Viens, que je t'embrasse. Tu es un Français, tu es un ami ; parlez-moi d'un camarade comme celui-là.

— Attends, laisse-moi plier ma ligne, et je suis à toi dans l'instant.

— Ah ! le brave garçon ! C'est ça un grenadier ! Nous irons là-bas dans ce petit bois, près de la route de Dam ; nous serons seuls, personne ne nous dérangera ; ce sera bien commode, nous nous battrons tout à notre aise. Ton sabre a bien le fil, n'est-ce pas ?

— Oui, sois tranquille.

— Bon. Le mien coupe mieux que les rasoirs du perruquier de notre compagnie.

— C'est comme cela qu'il doit être ; partons. »

Je crus que c'était une plaisanterie, et que le pêcheur, possédant tout son sang-froid, n'avait l'air d'abonder dans le sens de l'ivrogne que pour le mener coucher. Pas du tout ; le soir, j'appris que le combat avait eu lieu sérieusement, et que mes deux gaillards, blessés tous les deux par une bonne estafilade, étaient revenus à la caserne, bras dessus, bras dessous, chacun proclamant l'autre son meilleur ami.

Je sais que les gens du monde ne me croiront pas ; s'ils avaient l'occasion d'étudier les mœurs des casernes et des corps de garde, ils en verraient bien d'autres. Mais remontons plus haut dans la hiérarchie militaire : je vais vous raconter une scène dont je fus le témoin à Paris. Un officier de mon régiment se prend de querelle un soir, sur le boulevard, avec un capitaine qui demeurait à Courbevoie. La dispute s'échauffe, et l'on se donne rendez-vous pour la vider le lendemain au bois de Boulogne. Il était près de minuit, le capitaine allait nous quitter, lorsque nous lui faisons remarquer un

orage qui va bientôt éclater. Il répond qu'à
cette heure on ne le recevrait point dans un
hôtel garni : « Je vais prendre un cabriolet,
ajoute-t-il ; d'ailleurs je ne crains pas l'orage. »
Alors son adversaire s'approche et lui dit :

— « Restez ici, vous coucherez avec moi, je
vous offre la moitié de mon lit. Nous partirons
ensemble pour le bois de Boulogne, ce sera
bien plus commode, aucun de nous n'attendra
l'autre.

— J'accepte. Mais nous nous battrons.

— Sans cela, vous aurais-je offert la moitié de
mon lit ? »

Nos gens couchèrent ensemble, parlèrent
politique, manœuvres, aventures galantes, et le
lendemain, après avoir mangé la volaille froide
et bu la bouteille de vin de Champagne, ils
allèrent gaiement chercher à se couper la
gorge. L'un d'eux fut grièvement blessé, mais
il n'en mourut pas.

J'ai connu beaucoup d'officiers travaillés de
la *duellomanie* ; ils se croyaient obligés d'avoir
une affaire d'honneur chaque mois. S'ils n'é-

taient pas acteurs, ils voulaient être témoins ;
ils se croyaient offensés si, lorsqu'un duel avait
lieu, personne ne venait les prier d'en être
juges. Passant leur vie à ferrailler dans les
salles d'armes, ils avaient besoin de se battre
sérieusement quelquefois pour s'entretenir la
main. Souvent il arrivait que ces spadassins à
bottes secrètes étaient tués ou blessés par des
gens sans expérience, et qui jamais n'avaient
appris les règles sublimes de la *tierce*.

Nous avions des généraux qui faisaient aussi
ce métier-là ; tuer un homme en duel était un
passe-temps pour eux. Ils n'en digéraient pas
moins bien, ils n'en dormaient que mieux ; c'est
tout comme nous lorsque nous tuons quelques
perdreaux.

A Raguse, trente officiers se trouvaient réunis
chez un général ; tout en déjeunant, on parlait
duel, tir au pistolet ; chacun citait des tours de
force. L'un tuait les moineaux au vol, un autre
coupait des balles sur la lame d'un couteau. Le
général voit passer un grenadier dans la rue,
et lui dit de venir. Le soldat, en entrant, serre

dans sa poche une petite pipe qu'auparavant il tenait à sa bouche. — « Garde ton *brûle-gueule*, dit le général ; continue à fumer, place-toi à la position du soldat sans armes, immobile, la tête haute, attention au commandement, — par le flanc droit, — à droite ! ne bougeons plus. » En ce moment le général prend un pistolet, il tire, et casse la pipe dans la bouche du fumeur.

— « Tiens, voilà un louis pour boire. Messieurs, voilà ce que j'appelle tirer le pistolet.

— Merci, mon général, dit le grenadier stupéfait, une autre fois, je ne fumerai plus en arrivant chez vous. »

Pendant les quarante jours qui précédèrent la journée de Wagram, toute l'armée travaillait aux fortifications de l'île de Lobau. Nos soldats étaient payés à raison de cinquante centimes par jour. Un jeune officier du génie, chargé de l'inspection des travaux, voyant que les grenadiers se reposaient trop longtemps, leur en fit des reproches. Aussitôt ceux-ci vinrent se plaindre à leur capitaine sur la manière dont *M. Problème* les avait traités. C'est ainsi qu'ils appellent les officiers du génie, dont au reste ils font très peu de cas.

Le capitaine, furieux de ce qu'un autre s'avise de chapitrer ses grenadiers, relève ses moustaches, et court à l'officier pour lui demander raison de ces propos. C'était un de ces braves qui ne parlent que d'échiner et de pourfendre. de ces gens enfin qui, pour me servir de l'expression de Molière, sont *tout coups d'épée*, et que nos soldats appelaient des *marchands de mort subite*.

— « Monsieur, vous vous êtes permis de dire que mes grenadiers...

— Ne travaillaient pas. Oui, monsieur, et c'est la vérité.

— Je vous apprendrai, petit blanc-bec, à retenir votre langue.

— Blanc-bec! blanc-bec!

— Oui, blanc-bec, conscrit, et je vais te le prouver tout à l'heure.

— Ah! ça, capitaine, est-ce que par hasard vous croyez me faire peur avec vos grandes moustaches? Vous vous croyez sans doute bien terrible parce que vous ne vous êtes pas rasé depuis quinze jours ? mais apprenez, monsieur, que si je voulais, moi aussi, je ne me raserais pas.

— Ah ! tu te donnes les airs de te moquer de moi ! Nous allons voir si tu plaisanteras encore lorsque je t'aurai passé mon sabre au travers du corps.

— Tout doux, monsieur ! si nous en venons là, j'espère que j'y serai.

— Pas d'explications : en garde !

— En garde, je le veux bien ; mais je veux vous faire une observation : je suis de sang-froid, vous êtes en colère, la partie ne serait pas égale ; attendons à demain.

— Demain ? demain tu seras mort depuis vingt-quatre heures, je t'aurai déjà mangé le foie, j'aurai digéré ta conscience. En garde ! je veux que mes grenadiers t'enterrent sous tes fortifications, alors ils travailleront de bon cœur.

— Vous le voulez, monsieur, je suis prêt. »

Le jeune élève de l'École Polytechnique et le

capitaine à moustaches mettent flamberge au vent, et le combat s'engage au milieu de tous les travailleurs, qui sont enchantés de quitter un instant la pelle et la brouette pour voir punir leur fâcheux surveillant.

A la première botte portée par le capitaine, l'officier du génie para ; son sabre, retombant sur la main de son adversaire, toucha le petit doigt qui fut presque coupé.

— « Vous êtes blessé, monsieur, lui dit-il, nous en resterons là si cela vous convient.

— Ah ! gredin ! ignores-tu donc que *les coups de manchette* n'en sont pas [1] ?

— Monsieur, j'ignore tout, c'est la première fois que je me bats ; je frappe où je puis, faites de même.

— Ah ! b... de conscrit ! je vais te donner une leçon dont tu te souviendras.

— Monsieur, vous êtes blessé ; j'ai trop d'avantage sur vous, remettons la partie.

---

[1] On appelle coup de manchette un coup de sabre qui touche le poignet ; le code des duellistes défend expressément cette botte, qui ne compte jamais.

— En garde, coquin ! en garde !

— M'y voilà. »

Après quelques coups portés et parés, le capitaine reçut une estafilade qui, commençant au haut de la cuisse, ne s'arrêta qu'au genou. Force lui fut de cesser le combat ; mais rien ne peut se comparer à la colère qu'il éprouvait d'avoir été blessé deux fois par un jeune homme sans moustaches ! un blanc-bec ! un conscrit ! — « J'aurai ma revanche, lui disait-il : va, plus tard je t'arrangerai ; j'irai te chercher, fusses-tu chez le diable, et nous verrons... conscrit, si les coups de manchette seront encore pour toi. »

On emporta le capitaine, qui fut longtemps malade : à la fin il guérit ; mais pendant la fièvre qui survint, on l'entendait toujours répéter : « Un conscrit ! un b... de blanc-bec !! un s... coup de manchette !!! »

A Dantzick, un capitaine venait de recevoir chez le quartier-maître l'arriéré de ses appointements, environ 1,500 francs. Il rentrait chez lui ; mais se souvenant qu'il est de garde, et que l'heure est arrivée de se rendre à la caserne, il donne le sac d'écus à son lieutenant : « Puis- « que vous allez chez vous, lui dit-il et, que « nous sommes voisins, faites-moi le plaisir de « remettre cet argent à ma femme. »

Le lieutenant se rend aussitôt chez la dame, et dépose en entrant le sac sur la table. Il cause, il fait l'aimable, et d'encore en encore il arrive à la déclaration. Repoussé d'abord, il ne perd point courage, il joue fort bien l'amoureux, l'homme passionné, sa tête s'exalte, il se jette aux pieds de l'épouse de son capitaine. Aucun sacrifice ne lui coûtera pour se faire écouter, il donnerait sa vie pour un quart d'heure de bonheur. « Je viens de recevoir une année de mes appointements, et si vous voulez ces 1,500 francs, ils sont à vous. »

Beaucoup de femmes auraient trouvé la proposition fort impertinente, celle-ci la jugea différemment; son mari ne lui donnait pour sa toilette que le strict nécessaire, et, quoique très jolie, elle se trouvait toujours éclipsée dans toutes les réunions. Le démon de la coquetterie lui fit voir dans ce sac de 1,500 francs des robes et des chapeaux, les collerettes et les falbalas, misères que les femmes aiment par-dessus tout. A son tour elle pourrait briller ; avec quelques mensonges et de l'adresse son mari ne saurait rien. Le lieutenant profita de ce moment d'hésitation, il devint pressant, et la dame céda.

Le lendemain, le capitaine, en descendant la garde, rencontre le jeune officier, ils ont entre eux une querelle pour affaire de service, on se dit quelques paroles un peu dures, et chacun rentre chez soi.

En arrivant auprès de sa femme, le capitaine était courroucé.

— « Qu'as-tu donc, mon ami ?

— Ce drôle, il aura de mes nouvelles !

— Qui ?

— Mon lieutenant ; je viens de le mettre aux arrêts pour quinze jours.

— Pourquoi donc ?

— Tu le sauras plus tard. Où sont les 1,500 francs ?

— Quoi ? dit la femme stupéfaite.

— Est-ce qu'il ne t'a pas donné 1,500 francs ? ajouta-t-il en criant comme un furieux.

— Que veux-tu dire ?

— Pas un mot de plus ! te les a-t-il donnés, oui ou non ?

— Les voilà ! dit la femme en tombant aux genoux de son mari. Pardon, grâce ! il a profité d'un moment de faiblesse....

— Que dis-tu ?

— Qu'il est un infâme de te l'avoir dit. »

Si le capitaine était en colère en entrant, jugez de la crise qui s'ensuivit quand il eut découvert cet étrange secret de cette étrange manière. On s'expliqua, la femme avoua tout pour obtenir son pardon ; d'ailleurs elle en avait trop dit pour pouvoir reculer. Ces 1,500 francs demandés par le mari l'avaient persuadée que le lieutenant était un indiscret.

— « Il ne mourra que de ma main ! dit-elle.

— Je m'en charge ; je vais le punir, et puis après nous réglerons nos comptes. »

L'époux offensé courut chez son rival ; on va sur le terrain, les épées sortent du fourreau : deux minutes après, le capitaine était mort.

VII

UN JOUR DE BATAILLE

Lorsque les Romains d'autrefois livraient des
batailles, on se donnait souvent rendez-vous
dans une plaine ; chaque général alignait ses
troupes, et puis le signal donné, *signo dato*,
des nuées de traits obscurcissaient le soleil, et
chacun faisait de son mieux pour tuer son voisin sans être tué par lui. Dans les champs de
Fontenoi, les Français et les Anglais commen-
cèrent ainsi :

— « A vous, messieurs.

— Non, messieurs, je vous en prie.

— Allons, puisque vous voulez bien le permettre, en joue ! feu ! »

Tout se passa comme dans une salle d'armes.

Nous ne donnons plus de signal aujourd'hui
quand nous nous battons ; commence qui veut,
tue qui peut. Nos généraux ne haranguent plus
comme du temps d'Homère, où ces messieurs
étaient terriblement bavards. Ajax, fils d'Oïlée,
général de brigade d'Agamemnon, ne pouvait
jamais commander un feu de bataillon sans
faire un discours de trois pages.

Dans un jour de bataille, à présent on en dit
peu, mais c'est bon. Depuis le général en chef
jusqu'au caporal, quand il s'agit de marcher à
l'ennemi, chacun se sert de la même formule :
« S.... n.. d. D... en avant ! en avant s.... n.. d.
D...! » Cela se comprend d'un bout de la ligne à
l'autre ; à Marengo, à Austerlitz, à Wagram,
etc., on ne fit pas d'autres frais d'éloquence.
Vraiment cette manière de s'exprimer produit
plus d'effet dans certaines circonstances que de

belles phrases académiques. En parlant trop bien, tout le monde ne comprend pas, tandis que les plus musqués entendent toujours les interjections.

Les gens du monde, après avoir lu l'histoire, pensent généralement qu'une bataille ressemble aux revues du Champ-de-Mars, et que cent mille hommes, placés vis-à-vis cent mille hommes, s'amusent à se fusiller à leur aise avec accompagnement de canons pour produire l'effet des contre-basses dans un orchestre. Je vais leur expliquer comment se livre une bataille.

Notre armée est en marche, précédée par son avant-garde composée de troupes légères. Les hussards vont comme des diables ; ils trottent, ils galopent, l'ennemi fuit devant eux ; mais bientôt il s'arrête, nos hussards s'arrêtent aussi. Un village défendu par quelques centaines d'hommes se trouve en face, on le fait attaquer par des tirailleurs. Au moment où nos gens pénètrent dans les jardins, un bataillon ennemi survient qui leur fait perdre du terrain. Nous envoyons un régiment pour les soutenir, les autres en envoient deux ; nous en faisons marcher dix, l'ennemi nous en montre vingt ; chacun fait avancer l'artillerie, le canon gronde ; bientôt tout le monde prend part à la fête, on se bat, on s'échine ; l'un crie pour sa jambe, l'autre pour son nez, d'autres crient pour rien, et voilà de la pâture pour les corbeaux et pour les faiseurs de bulletins.

La science d'un général en chef se réduit à ceci : faire arriver à jour fixe, sur un point donné, le plus d'hommes possible. Napoléon l'a dit, et Napoléon s'y connaissait. Un général doit savoir quel point de la carte lui sera sérieusement disputé. C'est là qu'on livrera bataille, c'est par conséquent là qu'il doit faire arriver ses troupes par vingt routes différentes. Un ordre mal donné, mal compris, fait souvent manquer les plus belles combinaisons stratégiques, témoin le corps de Grouchy qui n'arriva point à Waterloo. Le premier consul, avant de quitter Paris, avait marqué d'une épingle sur la carte la plaine de Marengo pour le théâtre d'un nouveau triomphe ; l'événement justifia sa prévision.

La science du général consiste encore à connaître la force de l'ennemi sur tel point, sa faiblesse sur tel autre. Pour y parvenir, le service des espions est indispensable. Il faut en avoir de bons et surtout les bien payer. Napoléon leur jetait l'or à pleines mains, c'était une dépense bien placée. Nous avons eu des généraux mis en déroute parce qu'ils lésinaient sur le chapitre des fonds secrets.

Quelquefois, pour ne pas attaquer une position fortifiée et bien défendue, on la tourne ; mais l'ennemi, qui l'a prévu, place des troupes sur les autres points, et la bataille s'engage instantanément sur toute une ligne de plusieurs lieues, comme à Ratisbonne ; on se battait à Eckmülh, à Tann, à Landshut, sur un espace de quinze lieues.

Lorsqu'on approche d'un champ de bataille où le combat est engagé, rien n'est décourageant pour les jeunes soldats comme les propos des blessés qui reviennent.

— N'allez pas si vite, ne vous dépêchez pas tant, disent-ils : pour être tué, ce n'est pas la peine de courir si fort.

— L'ennemi se trouve dix fois plus nombreux que nous.

— Ils m'ont coupé la patte, ils vous couperont autre chose.

— Vous avez tous l'air de cadavres vivants.

— Tiens, regarde celui-là, n'a-t-il pas l'air d'un mort ?

— Il l'est ; hier il oublia de se faire enterrer ; il s'en souvient aujourd'hui, etc., etc. »

On a beau leur imposer silence ; mais un bras en écharpe, une balafre sur la figure assurent l'impunité, donnent le droit d'insolence, et les jérémiades continuent tant qu'ils trouvent quelqu'un pour les écouter.

Un de ces pauvres diables passait devant nous avec sa tête fendue et son bras cassé. Chacun s'apitoyait sur lui.

— Quel malheur ! disait-on : deux blessures ! que de chemin à faire sans être pansé !

— Vous êtes tous des imbéciles, repartit le

blessé : vous en aurez bien davantage tout-à-

l'heure ; je connais mon sort, mais vous ne connaissez pas le vôtre.

10

Il fallait voir la figure des conscrits en entendant ces propos, et surtout en voyant les premiers cadavres qu'ils rencontraient ! Ils décri-
vaient un cercle de vingt pas tout autour de
peur de les toucher ; bientôt ils se rapprochaient,
plus tard ils marchaient dessus sans façon.

L'homme s'accoutume à tout, au plaisir
comme à la peine. Combien de fois n'avez-vous
pas éprouvé qu'une grande douleur, une grande
jouissance, après quinze jours, devient une
sensation obtuse, une chose fort ordinaire ?
Souvenez-vous-en à votre premier chagrin, et
dites : « Ceci passera comme telle autre peine a
passé. »

J'ai toujours suivi cette méthode ; imitez-moi,
vous m'en direz des nouvelles. Car enfin, s'il
vous arrive un malheur irréparable, à quoi
vous servira le désespoir ? à rien. Rendez-vous
malade, tapez-vous la tête contre un mur, à
quoi cela pourra-t-il remédier ? à rien encore.
Au contraire, il vous poussera quelque bosse au
front, il faudra vous faire guérir, et les médecins sont fort chers.

Pour vous prouver la vérité de mon raisonnement, je vais vous raconter une petite histoire. Vous savez qu'après le siège de Toulon la république faisait mitrailler tous ceux qui dans ce temps étaient de l'opposition. Après que les canons avaient renversé des rangs entiers, une voix s'écriait : « Que ceux qui ne sont pas morts se lèvent ! la république leur pardonne. » Quelques malheureux blessés, d'autres que la mitraille avait épargnés, séduits par cette promesse, relevaient la tête : à l'instant un escadron de bourreaux (l'histoire dit un escadron de dragons, l'histoire doit se tromper) fondait sur eux le sabre à la main, achevant ce que le canon avait commencé ; bientôt le soleil se couchait sur cette énorme boucherie.

Par une belle nuit, un de ces malheureux se réveille au milieu de cet océan de cadavres ; il est blessé dix fois, à la tête, aux jambes, aux bras, à la poitrine, partout. Il se roule, il se traine.

— « Qui vive ? crie le factionnaire.

— Achevez-moi !

— Qui es-tu ?

— Un de ces malheureux qu'on a mitraillés,
achevez-moi.

— Je suis soldat, je ne suis pas un bourreau.

— Achevez-moi, vous me rendrez service ;
vous ferez un acte d'humanité.

— Je ne suis pas un bourreau, te dis-je.

— Achevez-moi, je vous en supplie ; j'ai tous
les membres cassés, la tête fendue, il est impossible que j'en réchappe ; vous m'épargnerez des
souffrances horribles, achevez-moi. »

Le factionnaire s'approcha, vérifia l'état du
blessé ; croyant à l'impossibilité d'une guérison,
la pitié le décida ; s'il avait tiré son fusil, le
poste aurait pris les armes, il préféra se servir
de la baïonnette, dont il traversa le corps du
malheureux mitraillé. Le croirez-vous ? cet
homme ne mourut pas. Le lendemain, en enter-
rant tous ces cadavres, un fossoyeur reconnut
qu'il vivait encore ; il le porta chez lui, le soi-
gna, la vie revint. Toutes les blessures furent
guéries. Cet homme était M. de Launoy, officier
de marine sous Louis XVI : il aurait bien pu
s'épargner ce dernier coup de baïonnette.

Lorsqu'un soldat ne faisait pas franchement son devoir un jour de bataille, ou quand il restait en arrière sans que sa maladie fût bien constatée, il recevait la *savate* à son retour, de la main de ses camarades. Souvent cette punition était administrée injustement ; on croyait peu à la maladie qui survenait la veille d'une bataille ; pour que chacun en fût bien persuadé, le meilleur moyen était de mourir à l'hôpital. Alors tous les camarades, qui depuis longtemps s'apprêtaient à donner la correction, s'écriaient : « Il était malade tout de même ! »

Un officier de mon régiment, avec ses trente ans de service, n'avait jamais vu le feu ; semblable au fils de Marie Stuart, l'aspect d'une épée le faisait pâlir, et il l'avouait franchement : « Je voudrais bien aller sur le champ de bataille, mais ce n'est pas possible ; je lâcherais pied au premier coup de fusil, et ce serait un bien mauvais exemple. » On le laissait au dépôt, où du reste il se rendait fort utile en montrant l'exercice aux conscrits.

Si tout le monde n'était pas brave à l'armée,

on en voyait dont le courage ne peut se comparer à rien; et cela dans tous les rangs, dans tous les grades, depuis le roi Murat jusqu'au simple fusiller; depuis le général Dorsenne jusqu'au tambour. Je ferais dix volumes avec les traits de bravoure vraiment fabuleuse de nos guerriers. Je n'en citerai qu'un, dont tout le 3e corps d'armée fut témoin en Espagne.

Le général Suchet venait de prendre le *mont Olivo*, malgré les prédictions des Espagnols. « Les fossés du mont Olivo, disaient-ils, enterreront toutes les troupes de Suchet, et les fossés de Tarragone toutes les armées de Bonaparte. » Il rencontre un soldat blessé que des camarades portaient à l'ambulance. « Victoire, victoire ! l'Olivo est pris ! »

— Es-tu grièvement blessé ?

— Non, mon général; mais malheureusement assez pour être obligé de quitter mon rang.

— Bien répondu, mon ami; que désires-tu pour récompense de tes services ?

— De monter le premier à l'assaut, lorsque vous prendrez Tarragone.

— De mieux en mieux !

— Vous me le promettez ?

— Oui. »

Le 30 juin 1811, c'est-à-dire un mois après, le général en chef était prêt à donner l'assaut. Les troupes formaient leurs colonnes d'attaque, lors qu'un voltigeur en grande tenue, propre, luisant comme un jour de parade, s'approche de Suchet.

— « Je viens vous rappeler votre promesse : je veux être le premier à l'assaut.

— Ah ! c'est toi, mon brave, c'est très bien ; mais des soldats de ton espèce sont trop rares pour que je prodigue leur sang. Reste dans ta compagnie ; en communiquant à tous ton noble courage, tu rendras plus de services qu'en te faisant tuer tout seul.

— Je veux monter le premier à l'assaut.

— Tu seras infailliblement tué, je ne puis pas le permettre.

— Général, j'ai votre parole, et je veux monter le premier à l'assaut.

— Tant pis, mon brave, tant pis pour nous ! fais ce que tu voudras. »

Les colonnes s'ébranlent, et mon voltigeur les dépasse de vingt pas ; il s'élance au milieu de la mitraille, il monte le premier sur la brèche, et là tombe criblé de balles. Recueilli par les ordres de Suchet, ce brave soldat fut conduit à l'hôpital : un reste de vie lui permit de voir le jour même tout le corps d'officiers, ayant le général en tête, qui vinrent le visiter. Suchet détacha sa croix d'honneur pour en décorer la poitrine du voltigeur, qui mourut admiré de toute l'armée.

Ce brave s'appelait BIANCHELLI. Chateaubrian l'a dit : « Il faut que la gloire soit quelque chose de bien réel, puisqu'elle fait battre le cœur de celui qui n'en est que le juge. »

Je vais citer un trait de courage d'un autre genre.

Pendant les guerres civiles de la Vendée, un soldat républicain fut fait prisonnier de guerre

et condamné à mort avec tous ses camarades.
On les conduisait sur le terrain pour les fusiller,
lorsqu'un des chefs vendéens, admirant la bonne
mine du grenadier, demanda sa grâce au général
en chef.

— « Point de grâce ! répondit-il, on n'en a
pas fait aux nôtres dans l'armée républicaine.

— Qu'importe ? vous serez généreux, vous
sauverez un brave ; c'est un Français, ce
sera pour notre cause un soutien de plus, et
pour vous un ami dévoué qui vous devra la
vie.

— A ce prix, j'y consens, s'il veut marcher
avec nous, et crier : « Vive le roi ! »

— Je m'en charge. Grenadier, viens ici : j'ai
demandé ta grâce au général ; il te l'accorde si
tu veux crier : « Vive le roi ! »

— Vive la république ! répondit le soldat.

— Qu'on le fusille ! »

Le grenadier retourne fier au milieu de ses
camarades, plusieurs étaient déjà morts. Il se
place les bras croisés, le front superbe, vis-à

vis les fusils, lorsque le chef vendéen se jette aux genoux du général.

— « J'ai servi toujours avec honneur, vous le savez; pour prix du sang que j'ai tant de fois versé, je vous demande la grâce du grenadier sans condition; me la refusez-vous ?

— Soit : je vous l'accorde.

— Approchez, grenadier ! le général vous accorde la vie, et j'espère que vous ne l'emploierez pas contre nous.

— Est-ce sans condition ?

— Sans condition.

— Eh bien ! vive le roi ! »

On ignore le nom de ce brave, je l'ai su... et j'ai honte de le dire ! je l'ai oublié. S'il avait vécu dans la Grèce ou dans la Rome d'autrefois, les écrivains, les sculpteurs n'auraient pas manqué de le rendre immortel.

Frédéric le Grand répétait souvent à qui voulait l'entendre : « Il ne faut pas dire qu'un homme est brave, mais qu'il fut brave tel jour. » Je ne sais plus qui disait en parlant du prince Eugène : « Si son médecin lui donnait la f.... il

en ferait le plus grand j... f..... de l'Europe. »
Voyez à quoi tient le destin des empires : une
indigestion, une pêche mangée mal à propos,
peuvent faire perdre une bataille !

Je ne ferai pas ici le bravache, le capitan
Matamore, en disant que je n'ai jamais eu peur,
chose que j'ai souvent entendu répéter à d'autres. Je déclare, au contraire, que la première
fois qu'un boulet a sifflé sur ma tête, je l'ai
salué par un mouvement involontaire ; avec le
second j'étais moins poli ; je restai ferme au
troisième. Mais chaque fois que j'arrivais au
feu, j'avoue que les mêmes formes de politesse
étaient toujours exactement suivies. J'ai souvent
analysé les sensations éprouvées pendant la cérémonie, et j'avoue que j'avais peur. Très-sou-
vent l'infanterie joue dans une bataille un rôle
purement passif; elle protège l'artillerie et
reçoit les boulets que l'on tire contre elle. Il
faut rester immobile, recevoir sans rendre. Ah !
si le point d'honneur, l'amour-propre, n'étaient
pas là pour empêcher la débâcle, on verrait
souvent de drôles de choses ! Mais chacun a son

voisin qui l'observe, chacun veut avoir l'estime
de tous, et personne ne bouge. Les officiers ont
plus que les autres l'exemple à donner ; ils de-
meurent fermes, font serrer les rangs d'une
voix forte, mais soyez bien sûr que le diable
n'y perd rien.

Je n'ai point de secrets pour vous, et ce serait
mal à moi de me poser comme un héros en me
donnant un air *crâne*. Je vous dirai donc avec
franchise : « La plus jolie bataille que j'aie vue
est celle de Bautzen. » Pourquoi donc ? me ré-
pondrez-vous. Qu'avait-elle de plus divertissant
que les autres ? Les boulets, les obus et les
balles pleuvaient-ils moins dru ? Non ; mais ce
qui m'a toujours fait trouver cette bataille très-
belle, c'est que je n'y étais pas. J'y étais bien,
mais sur le sommet d'un clocher. Une longue
lunette à la main, je voyais tout, je jugeais les
événements en lieu de sûreté, *in loco tuto*.

Pendant qu'on s'échinait dans la plaine, nous
étions en réserve dans un village, et comme
nous n'avions rien à faire, en attendant qu'un
ordre vînt nous appeler, nous montâmes au

faîte de l'église, et de là nous vîmes tous les exploits de nos guerriers. Cette manière d'assister à une bataille est la plus agréable que je connaisse. Lorsqu'on est acteur soi-même, on ne voit rien... et puis... et puis... et puis...

Quand on manœuvre, quand on tire, quand on se bat activement, ces sensations disparaissent; la fumée, le bruit du canon, les cris des combattants enivrent tout le monde ; on n'a pas le temps de penser à soi. Mais lorsqu'il faut rester fixe à son rang sans tirer, en recevant une grêle de boulets, ce n'est pas du tout commode.

Il est des hommes cependant qui, doués d'une force d'âme extraordinaire, voient les plus grands dangers de sang-froid. Murat, le brave des braves, chargeait toujours à la tête de sa cavalerie, et ne revenait jamais sans avoir son sabre teint de sang. Cela se comprend très bien ; mais une chose que j'ai vu faire au général Dorsenne, et que je n'ai vu faire qu'à lui, c'est de rester immobile, tournant le dos à l'ennemi, faisant face à son régiment criblé de boulets, et disant : « Serrez vos rangs! » sans regarder une seule fois derrière lui. Dans d'autres circonstances, j'ai voulu l'imiter, j'ai voulu tourner le dos ; je n'ai pu rester dans cette position, la curiosité me forçait toujours à regarder l'endroit d'où partaient les boulets.

A la bataille de Ratisbonne, un de mes camarades fut horriblement blessé par un boulet de canon qui le frappa juste à la partie charnue sur laquelle on a coutume de s'asseoir. Le chirurgien tailla, rogna deux kilogrammes de chair, enfin tout partit... la lune tout entière, pour me servir de l'expression de M. le vicomte de Jodelet. Or, avant sa blessure, cet officier avait tout au plus cinq pieds de haut ; après sa guérison, il en eut six. Il devint méconnaissable ; il avait besoin de décliner son nom à tous ceux qui le revoyaient, car non seulement sa taille prit un grand développement, mais il grossit à proportion. Peu d'hommes sont aussi grands et aussi gros que lui. Je livre la recette à tous ceux qui voudront grandir, et je la garantis efficace. D'ailleurs elle n'est pas difficile ; avec un coup de canon bien appliqué, vous êtes sûr de votre affaire.

Les chirurgiens-majors étaient en général de bons praticiens. Couper un bras, une jambe, était pour chose eux aussi facile que d'avaler un verre d'eau ; j'en ai connu même à qui cette dernière opération aurait fait faire une laide grimace. Ces messieurs avaient un grand zèle, et souvent on les a vus sur les champs de bataille secourir les blessés, en payant eux-mêmes de leurs personnes. Beaucoup d'entre eux joignaient la science à la pratique ; chez plusieurs, la pratique tenait lieu de tout ; mais à force de panser les blessures de toute espèce, tous les cas se renouvelant chaque jour, ils en savaient autant qu'ils en devaient savoir.

Mais à chaque instant il arrivait de France des jeunes gens qui, par protection et pour éviter de partir le sac sur le dos, avaient attrapé je ne sais comment un brevet de chirurgien sous-aide, après trois mois de séjour à l'école de Médecine. Ils faisaient ensuite à l'armée un cours pratique aux dépens des premiers venus. Mal-

heur aux pauvres diables qui leur tombaient
sous la main, échappant au canon ; le scalpel
les attendait... et... alors... c'était, ma foi ! bien
pire que Charybde et Scylla.

Un officier de ma connaissance portait au
doigt un superbe diamant dont la valeur passait
pour être de cinq à six mille francs. Un beau
jour un boulet lui emporte le bras, la main et le
diamant. Il tombe, mais bientôt il se relève :
« Et mon diamant ? » dit-il en courant au milieu
des soldats qui se disposaient à le ramasser. Il
le détacha du doigt, et jetant la main aux amateurs : « Je vous donne cela, mes amis, faites-en
ce que vous voudrez. »

Le soir, après la victoire, nous étions exténués
de faim et surtout de soif ; des soldats pénètrent
dans une maison, y trouvent des Autrichiens
buvant, à moitié ivres, et ne faisant aucune
démonstration hostile. Ils boivent avec eux, et
tout va le mieux du monde. Deux officiers de
mon régiment surviennent.

— « Que faites-vous là ? disent-ils aux soldats
français. Pourquoi ces Autrichiens ne sont-ils

pas prisonniers ? Brisez leurs armes, et conduisez ces hommes au quartier-général.

— Tiens.., il est bon là, monsieur l'officier ! il veut que nous mettions ces bons amis en prison, ces braves gens qui nous ont fait boire, ces excellents Autrichiens qui ne nous veulent pas de mal !

— Je vous l'ordonne.

— Attends ; si tu ne t'en vas pas tout de suite, tu vas voir le cas que l'on fait de tes ordres. »

Et sur-le-champ mes ivrognes couchent en joue leurs officiers et font feu sur eux. On fut obligé d'envoyer une compagnie de grenadiers pour les mettre à la raison ; plusieurs furent tués ou blessés dans la bagarre.

Toute l'armée française était ivre le soir de la bataille de Wagram ; elle coucha dans des vignes, et en Autriche les caves sont placées au milieu du champ où l'on récolte le vin. Il était bon, très abondant, les soldats burent outre mesure, et si dix mille Autrichiens, sachant que nous étions *somno vinoque sepulti*, nous avaient attaqués tête baissée pendant la nuit, nous

11

aurions été mis dans une déroute complète. Il aurait été tout-à-fait impossible de faire prendre les armes à la dixième partie des soldats. A quoi tient le destin des empires ! Tout pouvait être changé ce jour-là ; le cinquième acte du grand drame qui se jouait depuis si longtemps en Europe pouvait avoir une cave pour dénouement. Hommes de génie, faites donc vos calculs ; il faut bien peu de chose pour les mettre en défaut. Il est probable que les Autrichiens étaient dans une position semblable, car si nous avions bu pour nous réjouir de la victoire, ils en avaient sans doute fait autant pour oublier leur défaite. En campagne, la grande difficulté consiste à savoir l'état dans lequel se trouve l'ennemi ; le général qui le connaîtrait serait toujours vainqueur.

La bataille de Wagram n'eut pas de grands résultats matériels, c'est-à-dire qu'il n'y eut pas de ces grands coups de filets comme à Ulm, à Iéna, à Ratisbonne ; on ne fit presque pas de prisonniers ; nous enlevâmes néuf pièces de canon aux Autrichiens, et nous en perdimes quatorze.

Lorsqu'on en fit le rapport à l'empereur, il répondit avec un grand sang-froid : « Qui de quatorze ôte neuf, reste cinq. »

Ordinairement, après une bataille, un ordre du jour nous apprenait ce que nous avions fait ; car, semblables à M. Jourdain, nous faisions de la prose sans le savoir. Dans ses proclamations à l'armée, que Napoléon rédigeait lui-même, et dont le style était parfait, il nous apprenait, tantôt qu'il était content de nous, que nous avions surpassé son attente, que nous étions accourus avec la rapidité de l'aigle ; ensuite il nous donnait le détail de nos faits et gestes, le nombre des soldats, des canons, des équipages que nous avions pris ; c'était exagéré, mais c'était ronflant et d'un très bon effet. Après Wagram, nous n'eûmes pas la plus petite proclamation, pas le plus petit ordre du jour ; nous ignorâmes pendant plus de trois semaines le nom que cette fameuse journée aurait dans l'histoire ; nous l'appelions entre nous la bataille du 5 et du 6 juillet : nous ne connûmes le nom de Wagram que par les journaux de Paris.

Cette bataille amena la victoire de Znaïm,
l'armistice et la paix ; l'armée autrichienne
opéra sa retraite en bon ordre ; elle fut vaincue,
mais elle ne fut ni coupée ni démoralisée comme
dans d'autres circonstances. Ainsi, par exemple,
la bataille de Ratisbonne nous avait conduits
sous les murs de Vienne, et celle de Wagram
ne nous mena qu'à Znaïm, c'est-à-dire à quatre
journées de marche. Là, nous dûmes recommencer, et nous recommençâmes.

Il ne suffit pas qu'un géneral ait du talent, il
faut encore qu'il soit heureux; à la guerre, les
circonstances se combinent de tant de façons,
qu'il se présente toujours quelque chose d'im-
prévu. Lorsqu'on proposait au cardinal de Ri-
chelieu le service d'un homme nouveau, le rusé
vieillard demandait toujours si le postulant
était heureux; et si l'on répondait affirmative-
ment, la place était accordée. Napoléon croyait
à son étoile, quoiqu'il eût un génie étonnant;
c'était de la modestie. Que d'époques dans sa
vie où le hasard, la niaiserie de ses ennemis, le
favorisèrent! A Essling, par exemple, les Au-

trichiens coupèrent nos ponts en lançant des
bateaux chargés de pierres; on mit tout cela
sur le compte d'une crue subite du Danube : le
pauvre Danube laissa dire. Nos ponts coupés,
l'armée était séparée en deux. Si l'ennemi, pro-
fitant de notre situation, avait donné sur nous
tête baissée, je crois que notre position aurait
été bien plus critique; nous n'avions plus de
munitions, on ne tirait que de temps en temps
pour faire acte de présence; il nous restait les
baïonnettes, mais les efforts humains ont des
bornes. Par bonheur, les Autrichiens ignoraient
que nos ponts fussent coupés; et cependant ils
avaient tout fait pour parvenir à les rompre.
Dans ce cas, pourquoi ne pass'informer si le but
est rempli ? Certes, si nous nous étions trouvés à
leur place, et eux à la nôtre, toute l'armée enne-
mie aurait mis bas les armes. En Russie, bien
des Français sont restés; mais changez encore
les rôles, et pas un soldat n'aurait revus la
patrie.

Il est certain que les grands hommes ne veulent jamais avoir tort. *La crue subite* du Danube,

l'hiver prématuré de la Russie ont servi de
prétexte pour excuser l'imprévoyance. En Russie, un hiver qui commence en novembre n'est
point prématuré. On ne l'attendait que le 1ᵉʳ dé-
cembre; il ne se fait sentir ordinairement que
ce jour-là, c'est-à-dire jamais la veille : est-ce
qu'on doit compter ainsi avec l'almanach ? Et
d'ailleurs, à Paris, il gèle souvent à la même
époque. Au reste, ce n'est pas le froid qui fit
périr l'armée, c'est le manque de vivres. Si le
soldat avait eu du pain, la pièce de bœuf dans
le ventre et le verre d'eau-de-vie, il aurait résisté. Comme les souverains ne manquent
jamais de mettre sur le compte de leur vaste
génie ce qui souvent n'est que l'effet du hasard, il
serait bien à eux d'avouer leurs fautes quand ils
en font, et de dire franchement leur *Meâ culpâ*.

Nous étions au camp près de Ratzebourg,
dans le Holstein, l'ennemi était à deux lieues
de nous : on ne se battait pas, ou du moins on
se battait peu, seulement pour faire voir de
temps en temps qu'on était là. Chaque général
savait bien qu'il ne devait pas décider la ques-

tion : tout dépendait de ce qui se passerait à la grande armée, qui se trouvait alors à Leipsick.

Un jour, le maréchal Davoust voulut pousser une reconnaissance générale pour faire prendre les armes à l'ennemi, le compter et savoir quel nombre d'hommes se trouvait en face de nous. Une colonne formidable partit un beau matin, et deux heures après nous étions vis-à-vis du camp russe, prussien, suédois; car il se composait de toutes ces nations. Le camp nous parut inhabité : craignant une embuscade, on avance avec précautions; des éclaireurs sont envoyés; ils entrent dans toutes les baraques et ne voient personne. Qu'est devenu l'ennemi? En attendant qu'on puisse avoir la réponse à cette question, l'ordre est donné de mettre le feu. Le camp brûle; en un instant tous ces toits de paille deviennent un monceau de cendres.

Pendant que nous regardions cet immense feu de la Saint-Jean, et que chacun faisait ses conjectures sur la disparition de l'ennemi, le canon tonne derrière nous; le bruit augmente,

et tout nous prouve que notre camp est attaqué.
« Nous sommes coupés, disent les soldats : les
« Russes ont connu notre mouvement, ils nous
« ont laissé faire ; ils s'emparent de notre camp,
« et puis ils auront bon marché de nous. »

Les soldats français se laissent facilement dé-
moraliser : quatre hussards sur leurs derrières
les inquiètent plus que mille devant eux. « Nous
« sommes coupés ! » disaient-ils toujours dans
ce cas. Il fallait dépenser bien des phrases pour
leur prouver que si quelqu'un était coupé, ce
ne pouvait être que les quatre hussards.

Mais dans la position où nous nous trouvions,
les soldats avaient l'air de dire vrai, leurs
craintes nous semblaient fondées. Les Russes,
instruits de notre mouvement, nous avaient
laissé passer ; ils profitaient de notre absence
pour écraser nos camarades. Toute hésitation
était impossible, il fallait voler à leur secours,
il fallait surtout s'emparer de certaines hau-
teurs, d'où trois cents hommes pouvaient
nous interdire toute communication avec les
nôtres.

On se met en route, on arrive presque au pas

de course au défilé de Gros-Mulsahn, et nous ne rencontrons personne. Alors nous commençâmes à voir clair : l'ennemi devait nécessairement ignorer notre marche, puisqu'il ne s'était pas emparé d'une position si belle. Par la même raison que nous ne connaissions pas son mouvement une heure avant, il ne devait point connaître le nôtre. Ces conjectures se changèrent en certitude lorsque, arrivés près de notre camp, nous le vîmes attaqué de tous côtés.

Le hasard était cause que les deux généraux ennemis avaient eu la même idée le même jour, à la même heure ; ils avaient voulu s'attaquer et chacun avait pris une route différente.

Le général Valmoden, qui commandait les alliés, fut très étonné de voir notre colonne arriver derrière ses troupes, et fut longtemps à comprendre que c'était nous ; il prit cela pour une savante manœuvre et se hâta d'ordonner la retraite ; tous ses tirailleurs furent pris et mirent bas les armes. Il était temps que nous arrivassions, car notre camp, diminué par la sortie de notre colonne, ne se trouvait pas de force à soutenir la lutte. Si le général Valmoden avait su quel petit nombre de troupes était resté, certainement il eût fait donner un coup de collier, et les circonstances auraient été fâcheuses pour nous. Mais nous arrivâmes à point, et tout fut sauvé.

Une chose à peu près semblable eut lieu à Vittemberg. La même nuit, à la même heure, les assiégeants et les assiégés prirent les armes : les premiers pour donner un assaut, les seconds pour faire une sortie. Les deux partis se rencontrèrent nez à nez; on se fusilla pendant quelques minutes, mais chacun crut être tombé dans une embuscade, et des deux côtés on vit une déroute complète. On se sauva de part et d'autre à la débandade, chacun courant en sens divers; il était difficile de se joindre.

Voltaire a dit quelque part : « Dieu protège les gros bataillons. » Voltaire a dit une sottise; les gros bataillons mal commandés, mal organisés, manœuvrant mal, deviennent de la chair à canon; l'histoire de nos guerres de la république prouve à chaque page cette grande vérité.

L'Empereur aimait à donner les grades et les décorations. Après une bataille, il passait des revues, distribuant des rubans et des épaulettes ; chacun espérait quelque chose, mais à la suite d'une petite affaire où deux ou trois cents hommes se trouvaient engagés, quel qu'en fût le résultat, l'espérance n'était pas même permise au menu peuple des officiers ou des soldats. Le chef avait soin de rédiger un superbe rapport saupoudré de gloire, d'intrépidité, de manœuvres savantes, et si quelque récompense arrivait plus tard, c'était toujours pour lui.

Je vais donner une idée de la manière dont on écrivait l'histoire alors. Dans la campagne de 1813, nous eûmes une affaire d'avant-postes à Sprottau, petite ville de Saxe ; l'arrière-garde russe se défendit un instant, il y eut de part et d'autre trois ou quatre compagnies de tirailleurs engagées. Bref, l'ennemi se retira, laissant entre nos mains quelques prisonniers et quelques voitures de bagages. Une heure après,

nous nous promenions sur la place de Sprottau en causant de nos prouesses de la mati-
née.

— « Voilà de la pâture pour les faiseurs de
bulletins, dit un officier. Vous verrez plus tard
que nous aurons fait des choses superbes,
magnifiques !

— Je ne sais, dit un autre, si nous avons fait
beaucoup de besogne, mais je réponds qu'on
ne manquera pas de le dire.

— On dira que le général a moissonné des
lauriers par fagots, mais notre régiment ne sera
pas nommé.

— Allons, nous aurons une ligne et lui une
page.

— Nous n'aurons rien du tout.

— On ne parlera de personne, cela n'en vaut
vraiment pas la peine.

Vous verrez, quand les journaux arriveront
de Paris. Mais pour pouvoir mieux juger, écri-
vons sur-le-champ, pour ne pas l'oublier, quels
sont les brillants résultats de la journée. Voici

les prisonniers, comptons-les : bon ! en voilà bien soixante-quatre, plus trois voitures de bagages attelées de douze chevaux ; plus, une pièce de canon et un caisson. »

Quinze jours après, les journaux arrivèrent. Dieu ! que de belles choses nous avions faites ! quand je dis nous, je veux dire le général S... Avec une incroyable intrépidité, par une tactique savante, il avait tout entouré, tout attaqué, tout culbuté, tout pris, tout tué. Trois cents morts, mille blessés, deux mille prisonniers, dix pièces de canon, soixante voitures de bagages, étaient les résultats glorieux de sa science stratégique et de son noble courage. Il avait fait cela tout seul ; notre régiment n'était pas même nommé.

Le mot *avancement* se loge dans un cerveau militaire au moment de l'entrée au service, il n'en sort que le jour où la retraite est liquidée. C'est à peu près comme le mot *mari* chez une demoiselle, tous les jours elle y pense. « Nous allons au bal ce soir, j'y trouverai peut-être un mari. » Voilà ce que dit l'une. « Nous entrons en campagne ; il y aura de l'avancement, » dit l'autre. Cette idée préoccupe tout le monde à l'armée, depuis le tambour jusqu'au maréchal. Lorsque nous dictions des lois à l'Europe, nos généraux rêvaient chaque nuit que des députés d'un royaume voisin venaient leur offrir une couronne d'or sur un coussin de velours.

L'exemple de Bernadotte tournait toutes les têtes : « Tel maréchal va passer roi, tel grenadier va passer caporal. » C'étaient des manières de s'exprimer fort naturelles; nous pensions tous avoir un sceptre dans le fourreau de notre épée.

Lorsque nous recevions un grade nouveau, nous étions fort contents ; le lendemain nous n'y pensions plus, nos idées se dirigeaient vers le jour où nous devions en recevoir un autre.

« Je vous fais mon compliment, » disais-je un jour à un capitaine qui venait d'être nommé chef de bataillon. « A présent il me faut la croix « d'officier, me répondit-il à l'instant ; *cela* « *complète une position.* » Pour compléter sa position, chacun faisait la cour à son chef, parce que c'était de ce chef que dépendait toujours son sort. Toutes les courbettes qu'il fallait faire avaient peu à peu changé le caractère de notre armée. La soif des baronnies et des dotations avait donné à nos vieux officiers, jadis républicains, toutes les habitudes des courtisans de Versailles, et souvent, dans la plus humble baraque, il s'est passé des scènes dignes de l'*Œil-de-bœuf*.

Après une bataille, l'Empereur accordait un certain nombre de croix de la Légion d'honneur à chaque régiment : huit, dix, douze pour les officiers, et autant pour les sous-officiers et soldats ; le colonel désignait les heureux. Après Friedland, le nombre fut de huit dans un régiment de l'armée, mais parmi les officiers nouvellement décorés, on n'en comptait que sept. « Quel est donc le huitième ? » disait-on. Trois mois plus tard on le sut ; un parent du colonel, arrivant de France, avait reçu la croix en route, et en endossant l'uniforme pour la première fois il l'avait trouvé garni d'un ruban rouge. On cria bien un peu, mais si bas, si bas, que le colonel ne pouvait pas l'entendre.

VIII

LE CAMP

Aux temps de Louis XIV et de Louis XV, un camp n'était souvent qu'une représentation d'Opéra donnée aux dames de la cour, fatiguées des plaisirs de Versailles. Les officiers, pour la plupart, ne s'occupaient sous la tente que de bruits de ruelles et de billets doux ; ils laissaient les détails de service aux majors et aux officiers de fortune. L'affaire des colonels et des généraux était d'arriver au camp avec de beaux équipages, une nombreuse livrée, un bon cuisinier,

12

et de tenir table ouverte. On se ruinait au camp, mais on faisait parler de soi. Lorsqu'il fallait payer de sa personne, ces messieurs ne s'épargnaient pas ; ils se battaient en gens de cœur tout comme nous avons fait, et comme nous ferons quand l'occasion s'en présentera ; mais ils n'avaient de l'état militaire que les roses sans épines, car je n'appelle pas épines les coups de canon et les drôleries de cette espèce.

Le camp pour eux était une distraction, un moyen de se mettre en évidence ; on avait l'espoir d'être remarqué par le roi, par ses maîtresses ; un mot pouvait être dit au petit coucher, et ce mot valait un régiment. C'est prodigieux ce qu'on dépensait alors dans un camp de trois mois. Le maréchal de Boufflers, au camp de Compiègne, en 1698, mangea ou fit manger des millions ; il avait des courriers qui, chaque jour, apportaient les vins de tous les pays, le meilleur gibier, les plus beaux poissons ; il eut l'honneur de donner à dîner à Louis XIV et au roi d'Angleterre, cet honneur lui coûta bien cher.

Dans ce temps-là, quand on était fatigué d'un mois de campagne, on convenait d'une trêve aux avant-postes, et chacun prenait ses quartiers, sans que le ministre fût prévenu. « Quand il pleuvra, restez chez vous, nous ne bougerons pas ; il est fort désagréable de se crotter. » Aujourd'hui, nous marchons par tous les temps, par toutes les saisons, mais l'ennemi fait comme nous ; ayons des mortiers monstres, il en aura ; des canons à vapeur, il en aura. La chance sera toujours la même, car dix contre dix ne valent pas plus qu'un contre un.

En perfectionnant l'art de détruire les hommes, on gagnera peut-être une chose, on rendra les guerres plus rares ; chacun restera tranquille dans son coin en se tenant les pieds chauds. Peut-être encore reviendrons-nous au temps des Horaces et des Curiaces ; après avoir fait le tour du cercle, nous arriverons au point de départ. Pendant que deux ou trois champions videront la querelle de leur pays, le reste demeurera l'arme au bras. L'agriculture, le commerce, l'industrie, ces trois grands leviers de la civilisation, n'auront plus à souffrir des folies de certains rois.

Aujourd'hui, lorsqu'une armée est en campagne, elle couche au bivouac ; on ne la fait camper que pendant les armistices ou quand la paix est faite. Dans les cantonnements, les troupes sont trop disséminées, il faut trop de temps pour les rassembler, on ne peut pas surveiller assez les soldats, la discipline en souffre. Dans une garnison, il est rare qu'on puisse réunir assez de régiments pour faire de grandes manœuvres, tandis qu'au camp on y met tout ce qu'on veut, on trouve toujours de la place.

Un camp est une ville de bois et de paille, quelquefois de toile [1], bien alignée, avec ses rues grandes et petites, longues et courtes ; le tout est maintenu dans une excessive propreté. C'est une fort belle chose qu'un camp, mais je

[1] Sous l'empire on ne connaissait pas les tentes ; nos armées marchaient si vite, qu'elles n'auraient pu traîner tout le bagage nécessaire sans nuire à la vitesse de leurs mouvements.

soutiens que le séjour d'une ville est infiniment préférable.

En général, pour faire nos camps, nous démolissions les villages ; à Tilsitt, chaque régiment en avait une trentaine à dépecer ; on en assignait un ou deux à chaque compagnie. Nous avions une grande quantité de voitures et de chevaux *trouvés* qui servaient à transporter les matériaux. Avec de tels moyens, il est facile de croire que nos camps étaient superbes ; ceux qui ne les ont pas vus ne sauraient s'en faire une idée. Les baraques une fois faites d'une dimension uniforme, chacun s'occupait à décorer la sienne d'une manière élégante, et bientôt l'ordre arrivait de prendre modèle pour certaine chose sur telle compagnie de tel régiment. Les soldats, piqués d'être obligés de recommencer, inventaient de nouvelles décorations pour faire travailler les innovateurs à leur tour. Il n'existait pas de raison pour que cela pût finir. On peut dire qu'un camp n'est jamais achevé : tant qu'on y reste on y travaille.

Un régiment s'avisa d'aller couper quelques

voitures de sapins dans une forêt voisine, et de les planter sur la ligne des faisceaux d'armes, ce qui produisit un bel effet, parce que cet arbre conserve longtemps sa couleur verte, même lorsqu'il est coupé. Le lendemain, un ordre du jour prescrivit d'imiter ce régiment ; mais les imitateurs, voulant perfectionner, plantèrent un arbre à chaque angle de chaque baraque, ce qui fut trouvé beaucoup plus beau ; par conséquent, l'ordre fut donné d'imiter les imitateurs. Alors, pour enchérir sur tous, nous traçâmes devant le front de bandière de notre régiment un immense parallélogramme qui fut nivelé, balayé, pour servir à défiler la parade, et cette place fut entourée de chaque côté de six rangées d'arbres, qui présentaient l'aspect d'une magnifique promenade. Tout cela se faisait comme par enchantement ; quand on a deux ou trois mille ouvriers à sa disposition et qu'ils y mettent de la bonne volonté, le travail marche vite. Les autres corps reçurent bientôt l'ordre de faire comme nous, mais les forêts voisines n'existaient plus.

Les deux empereurs et le roi de Prusse vinrent visiter notre camp, et nous exécutâmes de grandes manœuvres en leur présence. Le général Mouton (depuis comte de Lobau), aide de camp de Napoléon, commandait en chef. On défila devant les trois souverains, et devant une armée de princes, de maréchaux, de généraux des trois nations. Je ne crois pas qu'on ait jamais réuni sur aucun point du globe une aussi grande quantité d'habits brodés. Napoléon dominait cette multitude avec son simple uniforme de chasseur à cheval ; Alexandre et Frédéric-Guillaume, galopant derrière lui, ne permettaient point à leurs chevaux de prendre le même pas que le sien. Plus tard, ils ont fait payer bien cher à Napoléon la gloire dont il les écrasait à Tilsitt.

En passant devant nos baraques, le roi de Prusse s'arrêta pour causer avec nous ; la boîte aux lettres du régiment, que l'on place en campagne à côté du drapeau, l'étonna beaucoup.

— « A quoi cette boîte peut-elle servir? demanda Frédéric-Guillaume.

— Sire, à recevoir les lettres que chacun de nous écrit en France.

— Est-ce qu'en campagne votre poste est organisée de manière à transporter les lettres de tous les soldats ?

— Oui, sire : chaque jour elle part, chaque jour elle arrive, et nous recevons en quinze jours les journaux de Paris.

— C'est admirable ! Au reste, messieurs, il est impossible de faire de plus beaux camps que les vôtres, mais avouez que vous faites de vilains villages. »

La reine de Prusse vint à Tilsitt. Napoléon se montra galant pour elle. La reine de Prusse était fort belle, je l'ai vue ; on la disait fort aimable, je n'en sais rien ; mais il est certain qu'elle obtint beaucoup de concessions de Napoléon. Cette jolie reine dînant un jour avec les trois souverains, remplit un verre de vin de Champagne, et dit avec cette grâce infinie qu'elle possédait au suprême degré, grâce qui dans ce moment venait au secours de la politique aux abois : « A la santé de Napoléon le

Grand ! il a pris nos États et il nous les rend ! »
L'Empereur se leva, rendit le salut avec cour-
toisie, et répondit à la reine : « Ne buvez pas
tout, Madame. »

Après l'armistice qui suivit la bataille de
Znaïm, toute l'armée campa jusqu'à la paix.
Nous étions dans les environs de Brünn et d'Austerlitz, sur l'ancien champ de bataille. Souvent,
lorsqu'on creusait la terre, on trouvait des
débris d'armes, des ossements humains.

Napoléon voulut se donner une seconde
représentation de la bataille d'Austerlitz ; par
une belle journée de septembre, toute l'armée
occupa les mêmes positions, les mêmes manœuvres eurent lieu comme quatre ans avant.
Tout se passa fort bien, les régiments qui figuraient les corps autrichiens ou russes se lais-
sèrent vaincre comme c'était convenu d'avance,
et personne ne se noya dans le fameux lac de
Sokolnitz, qui n'était pas gelé.

Pour éviter les incendies on défend aux soldats campés d'avoir de la lumière ou du feu
dans leurs baraques ; par conséquent, lorsque

le soleil disparaît, ils n'ont rien de mieux à faire que de se coucher. Quand les nuits sont longues on ne peut pas toujours dormir, et dans chaque chambrée un conteur se charge d'occuper l'attention. Mais ce conteur, qui se sacrifie aux plaisirs de tous, veut être écouté. A chaque instant il s'assure que tout son monde veille, et voici comment il s'y prend. Dans le cours de sa narration, il glisse de temps en temps le mot *Sabot;* il faut que les auditeurs répètent sur-le-champ, en criant de toute la force de leurs poumons : « *Cuiller à pot!* » Chacun voit si son voisin a répondu; dans le cas contraire, un bidon rempli d'eau fraîche, jeté sur la face des dormeurs les plus détermi- nés, les réveille toujours. Vous devez facilement concevoir quel tapage tous ces *sabot, cuiller à pot* doivent faire, puisque dans chaque baraque il existe un conteur. Cela dure jusqu'à neuf heures; alors un roulement de tambour vient imposer silence à tout le monde. Nous allions souvent nous promener le soir autour des ba- raques pour écouter des histoires; cela nous

amusait beaucoup, et nous en avons entendu de
bien drôles que je voudrais pouvoir répéter ici,
mais... Il est inutile de vous dire les raisons qui
m'en empêchent, vous les devinerez facilement.

Dans certains régiments, les colonels défen-
daient le jeu; dans beaucoup d'autres, ils le
toléraient, parce que, joueurs eux-mêmes, il
fallait quelqu'un pour leur tenir tête. On jouait
la bouillote, l'impériale, le vingt-un, et souvent
on perdait à ces amusements les appointements
d'une année. Un officier de dragons que j'ai
beaucoup connu ne bougeait jamais de la tente
de la cantinière à la mode. Toujours prêt à faire
la partie du premier venu à quelque jeu que ce
fût, il portait une bourse bien garnie dont il
étalait le contenu pour tenter la cupidité des
amateurs.

Un soir, tous ses louis changèrent de maître;
quoiqu'il jouât fort bien, il perdit tout. La fortune est changeante, elle n'est pas femme pour
rien. L'officier, d'une voix tonnante, appelle la
cantinière et lui demande un couteau.

— « Qu'en voulez-vous faire ?

— Que vous importe? un couteau ! dépêchez-vous. »

On le lui donne, aussitôt il se fait une grande balafre du côté du cœur. Effrayés, nous nous précipitons sur lui pour le désarmer.

— « Qu'avez-vous donc? nous dit-il en riant, asseyez-vous et donnez-moi ma revanche.

— Mais vous êtes blessé !

— Blessé? pas si bête, ma foi ! j'ai coupé mon gilet, voilà tout. Il fallait bien délivrer ces malheureux prisonniers. »

Effectivement les louis, les napoléons, les frédérics d'or s'échappaient par centaines de l'estafilade qui nous avait tant fait peur. Il joua de nouveau, bientôt il rattrapa tout ce qu'il avait perdu.

Cet officier prétendait que de toutes les jouissances de ce monde, jouer était la plus grande.

Un officier philosophe lui disait un jour : « Quand même au jeu l'on ne perdrait que du temps, ce serait une chose fort mauvaise. » Notre dragon répondit avec un admirable sang-froid :

« Vous avez raison, on en perd beaucoup à mêler les cartes. »

Si les officiers jouent de l'argent, les soldats jouent des chiquenaudes; rien n'est plaisant comme de voir un vieux grognard recevoir des croquignoles sur le nez. Quelquefois elles sont administrées par un jeune blanc-bec, ce qui n'empêche pas l'ancien de les souffrir sans se plaindre, mais non sans faire une fort drôle grimace. Et puis, pour varier les plaisirs, on joue à la *drogue;* le perdant porte au bout du nez une pince en bois qui lui serre les narines. Vous avez vu souvent de ces petites scènes en passant près d'un corps de garde, ou bien en feuilletant les cartons de Charlet.

IX

LES CANTONNEMENTS

Les cantonnements sont la chose que les soldats aiment le mieux. Le bivouac finit par ennuyer : il y pleut, il y fait froid; la vie du camp est trop pénible, on y travaille trop : il faut être à la fois maçon, couvreur, charpentier. A la garnison, le service est dur : on monte trop souvent la garde, l'exercice revient périodiquement chaque jour, avec son assommante monotonie, et pour me servir d'une expression consa-

crée dans les escouades, on est trop *chagriné de
service*.

Dans les cantonnements tout cela n'existe
point, on ne fait rien ou peu de chose. Les
compagnies, disséminées dans plusieurs villages, ne se rassemblent pas souvent; chaque
soldat trouve chez son hôte le vivre et le couvert; il se promène la baguette à la main, fait
le bel esprit avec les hommes, le sentimental
avec les femmes, et quelquefois tout le monde
s'en trouve bien.

Une dame allemande me disait un jour :
« Votre Empereur ressemble au berger qui fait
« chaque matin paître son troupeau dans une
« terre différente pour ne pas l'épuiser. S'il
« laisse un peu d'herbe dans un endroit, il
« s'en souvient pour y revenir plus tard. »

Dans les cantonnements, le service militaire
nous laissait de longues heures de loisir, et
nous chassions. Maître du pays, le gibier nous
appartenait par droit de conquête. Si cette manière de passer notre temps était désagréable
aux barons et aux grands seigneurs, proprié-

taires des forêts que nous parcourions, elle plaisait fort aux bourgeois roturiers chez qui nous étions logés. D'abord en apportant à leurs cuisines le contenu de nos carnassières, ils y trouvaient une utile compensation des dépenses qu'ils faisaient à cause de nous ; et puis, ils n'étaient pas fâchés de voir leurs seigneurs et maîtres, si jaloux du droit de chasse, vexés à leur tour après avoir si souvent vexé les autres.

Lorsque nous ne chassions pas, nous nous visitions les uns les autres, et pour cette cause importante le bourgmestre était chargé de mettre en réquisition une voiture ou bien un traîneau. Nos voyages se répétaient si souvent que les chevaux n'étaient occupés qu'à servir nos caprices. Ces visites perpétuelles entravaient l'agriculture, le commerce était suspendu, les marchés ne s'approvisionnaient plus, la famine était imminente ; un ordre du jour défendit sous les peines les plus sévères de mettre aucune voiture en réquisition.

Je fis semblant de n'en point avoir connaissance, et toutes les fois que l'envie de changer d'air me prenait, sans façon aucune, je faisais atteler la voiture d'un bourgmestre chez qui je logeais. Mon homme se plaignit, et les arrêts s'ensuivirent. L'honorable corps des sous-lieutenants prit fait et cause pour moi; je reçus de nombreuses visites des points les plus éloignés de nos cantonnements. Dans ces conciliabules, nous méditions une vengeance éclatante contre le bourgmestre dénonciateur, et voici celle qu'adopta l'aréopage imberbe.

Pendant une belle nuit, je dis belle parce qu'il pleuvait à verse, nous démontâmes la voiture, cause innocente de mes arrêts; au risque de nous rompre cent fois le cou, nous eûmes la patience de la hisser pièce à pièce au-dessus des toits. Lorsque tout fut monté, la voiture fut rajustée et placée entre deux cheminées; elle était prête à partir, il ne manquait plus que les chevaux.

A la pointe du jour, le bourgmestre ayant un voyage à faire, veut atteler, mais il ne trouve pas de voiture; il crie et se plaint qu'on l'a volé.

Tout le monde court en tout sens, on cherche, on ne trouve rien. A la fin, un enfant aperçut le char dans la singulière remise où nous l'avions placé. Figurez-vous, s'il est possible, la colère de ce pauvre homme; c'était à mourir de rire; il jurait à faire écrouler sa maison. Par leurs plaisanteries, nos soldats augmentaient encore sa mauvaise humeur. L'un disait qu'ainsi placée, la voiture était à l'abri des voleurs; l'autre, qu'en faisant monter les chevaux, elle descendrait bien vite, etc. A la fin, le village s'assembla, tout le monde se mit à l'ouvrage; il leur fallut trois jours pour défaire ce que nous avions fait dans une seule nuit.

S'il existait de bons cantonnements, on en trouvait quelquefois de bien mauvais. Lorsque le pays, ravagé par les deux armées, n'offrait aucune ressource, il fallait du génie pour se procurer la subsistance de chaque jour. Par exemple, du côté d'Osterode, après la bataille d'Eylau, ces coquins de paysans, pour me servir de l'expression des soldats, cachaient leurs provisions sous terre et dans les bois. Mais ils avaient beau faire, chaque jour on découvrait quelque nouvelle cachette.

Nos vieux renards se promenaient la baguette du fusil en main, sondant les terrains fraîchement remués ; le produit de ces excursions était mis en magasin dans chaque compagnie, pour le distribuer également à tous. L'art de faire vivre une armée en campagne n'a jamais été connu parmi nous, du moins on ne l'a jamais mis en pratique. Nous avions une nuée d'employés avec grand et petit état-major ; ces messieurs s'occupaient à faire leur fortune, ils y sont parvenus avec la grâce de Dieu. Leur soin principal était de pourvoir la garde impériale, et le reste s'arrangeait comme il pouvait. Lorsque la troupe d'élite avait reçu des vivres pour quatre jours, on disait dans les salons de l'Empereur que l'armée était bien fournie ; les journaux répétaient, amplifiaient, paraphrasaient, et tout allait pour le mieux dans le meilleur des mondes possibles.

Nous allions souvent pêcher dans un étang près de Peterswald, car pour vivre il fallait employer tous les moyens. Un jour que, nos lignes à la main, nous regardions fixement le bouchon qui se promenait sur l'eau, l'un de nos camarades pêcheurs s'aperçut que son hameçon était accroché par des fagots qu'il vit au fond de l'étang ; avec une gaule il cherche à déranger l'obstacle, aussitôt un cadavre surnage. Grand étonnement de notre part ; nous continuons, de nouveaux cadavres paraissent ; bref, nous en conptâme trente-huit, parmi lesquels celui d'une femme. Ils étaient nus, et paraissaient tous avoir été tués à coups de hache.

Avis en fut donné sur-le-champ au colonel, au général, au maréchal ; le village fut cerné, tous les habitants mis en prison. Une instruction fut commencée ; on fouilla partout, on découvrit des uniformes, des armes, et il fut prouvé qu'un détachement français, qu'on avait cru prisonnier de guerre, avait péri dans ce village, la même nuit, à la même heure, et avait été victime de nouvelles Vêpres Siciliennes. Trente-huit habitants de Peterswald furent fusillés, et le village fut brûlé de fond en comble.

A mesure que la saison avançait, les vivres devenaient plus rares. On peut dire que dans plusieurs circonstances, et notamment à l'époque dont je parle, la pomme de terre a sauvé l'armée française. Nous avons vu souvent les soldats porter les armes avec respect en passant devant un champ ensemencé de ce précieux tubercule

Ce qui rend la vie militaire fort agréable, c'est que les situations varient sans cesse ; lorsqu'on se trouve dans une position fâcheuse, on s'en console facilement, bientôt cela doit changer. Un jour, dans la boue jusqu'aux genoux, manquant de vivres et de paille pour se coucher ; le lendemain, dans un excellent château peuplé de jolies dames, contenant une cuisine fournie de toutes pièces et des caves pleines jusqu'aux soupiraux.

La langue allemande est très riche en expressions d'étiquette ; il faut quelquefois plusieurs lignes pour orner le titre le plus mince de tous ses accessoires. On les répète, on les décline à chaque instant sans en omettre une syllabe. Si l'on retranchait d'une conversation allemande entre gens titrés toutes les formules obligées, il ne resterait plus rien. Voilà pourquoi le français est devenu la langue diplomatique de l'Europe ; en allemand, on ne finirait jamais.

— « Oserai-je vous demander quel est cet ordre dont vous portez le grand cordon et la plaque ? disais-je à M. le comte de F... après les premiers compliments d'usage.

— C'est celui de Saint-Michel de Bavière, c'est l'ordre qui jouit en Europe du plus beau privilège.

— Quel est ce privilège ?

— Nous avons le droit de communier l'épée à la main le jour de la fête de saint Michel. »

Risum teneatis, amici ; quant à moi, je parvins à réprimer l'hilarité qu'avait excitée en moi le superbe privilège, et ce ne fut pas sans peine que je gardai mon sérieux.

Un privilège, quel qu'il soit, est toujours bon. Pour les gens du *débotté*, la grande affaire est d'être distingué du public ; cette distinction, ils la veulent à tout prix ; si le souverain leur accordait le privilège de ne pas dîner certain

jour de l'année, soyez certain qu'ils ne dîne-
raient point, et qu'ils auraient un grand mépris
pour toute la canaille qui se mettrait gaiement
à table en se moquant de leur sottise.

Ceci me rappelle un certain duc qui ne quit-
tait jamais son cordon bleu ; chaque espèce de
toilette avait son large ruban : il en portait un
pendant la nuit, dans son lit ; et, chose extraordinaire et pourtant vraie, il avait poussé la précaution jusqu'à faire fabriquer un cordon en
tôle qui servait les jours où monseigneur prenait un bain.

Parmi les cantonnements qui m'ont laissé les
plus agréables souvenirs, celui de Zeil tient certainement la première place, et Ratschitz
marche immédiatement après. Pendant le jour
nous chassions ; le soir, réunis dans une grande
salle avec une demi-douzaine de fort jolies
dames, nous faisions tout notre possible pour
paraître aimables. Le vieux baron nous racontait les histoires merveilleuses des chevaliers
qui jadis avaient habité ce superbe manoir.
C'étaient de nobles hommes, ses aïeux, dont

l'origine se perdait dans les eaux du déluge.
Nous étions parvenus à savoir tous leurs faits et
gestes. Je les connaissais si bien par leur nom,
qu'en passant le soir par les corridors, il me
semblait à chaque instant que j'allais me trouver en face d'un certain Conrad au bras de fer
ou d'Othon à la tête d'acier.

Un soir, par un beau clair de lune qui reflé-
tait sur le sol l'ombre fantastique des tourelles,
j'animais cette cour silencieuse, je la peuplais
de chevaliers disputant le prix de la valeur,
lorsque je fus tiré de mon rêve par l'homme le
plus prosaïque parmi ceux qui, dans tous les
temps, ont endossé l'uniforme. « Mon lieutenant, me dit le fourrier, je vous apporte un bon
à signer pour trois paires de guêtres. — Au
diable soit la masse de linge et chaussure ! »

X

LA GARNISON

Le prêtre doit dire son bréviaire tous les jours, l'exercice est pour l'officier ce que le bréviaire est pour le prêtre. C'est une chose fort divertissante que l'exercice : après l'avoir fait trente ans, il faut le faire encore, à moins que l'on ne prenne sa retraite. Quand on ne le sait pas, il faut l'apprendre, c'est tout simple ; quand on le sait, il faut l'enseigner aux autres ; c'est juste ; quand tout le régiment manœuvre bien,

il faut le faire encore pour montrer qu'on le
sait. De sorte que toujours on fait l'exercice.
Un officier revient perpétuellement de l'exercice
ou bien il y va. Si son sergent-major l'aborde,
il est certain d'entendre ces paroles sacramen-
telles : « Mon lieutenant ou mon capitaine,
« nous aurons aujourd'hui l'exercice à telle
« heure, si le temps le permet. »

Quand je voyais arriver l'homme au double
galon sur la manche, je devinais toujours la
phrase de rigueur ; je ne la lui laissais jamais
dire, je l'interrompais par un : « Si le temps
le permet, n'est-ce pas ?   — Oui, mon lieutenant, » répondait-il, et nous nous entendions à
merveille. Grâce à ma prévoyance, que de
paroles inutiles économisa ce pauvre sergent-
major. On en remplirait quatre jolis volumes
in-octavo.

Le capitaine G..., de la garde impériale, avait
besoin de faire l'exercice. Je l'ai vu, malade au
lit, commander le mouvement d'armes aux
hommes punis qu'il faisait extraire de la salle
de police. Un jour l'heure sonne, aucun n'arrive,

il fait venir son sergent-major : — Eh bien ! lui dit-il, et mon peloton de punition ?

— Capitaine, la salle de police est vide, nous n'avons pas d'hommes punis.

— Cela vous regarde, punissez-en. »

Par un froid de 10°, il mettait ces pauvres diables au port d'armes dans la cour, et gare à celui qui faisait le moindre mouvement. Quelquefois, gelés jusqu'aux os, ils tombaient en défaillance le front sur le pavé.

— « Le fusil est-il cassé ? demandait le capitaine.

— Non.

— C'est bien heureux. »

Le sergent Roussel était un instructeur habile ; nul ne savait mieux que lui mettre un soldat au port d'armes et faire décomposer le pas oblique en maintenant la carrure des épaules, chose fort essentielle dans ce cas. D'un naturel doux, il ne permettait pas à sa bouche pudibonde ces expressions grossières, ces jurements de corps de garde que ses pareils employaient toujours. Lorsqu'il était bien en colère, il appelait ses recrues des *candidats*. « Voyez donc ces candidats, ils sont mous comme des chiffes; ils manœuvrent comme des couturières qui ont mangé des choux. »

Vous savez qu'un soldat en marchant doit partir du pied gauche; un jour le sergent Roussel, faisant décomposer le pas, commande *marche*. Un soldat part du pied droit, tandis que son voisin lève le pied gauche; le sergent Roussel était par derrière; ce défaut d'harmonie dans les lignes de toutes ces jambes étonne son esprit exact; mais en voyant l'effet il se trompe sur la cause, il arrive tout courroucé: « Quel est le candidat, dit-il, qui tient ses deux jambes en l'air ? »

Il n'était pas très fort sur l'orthographe.

Eh ! ne pourrais-je pas citer des colonels et des généraux qui n'en savaient pas davantage. Celui qui disait en parlant à Napoléon : « Monsieur, sire, je ne sais pas les matiques, mais je f... bien un coup de sabre, » était général dans la garde impériale, et certes jamais brigade ne fut commandée par un homme plus brave.

Et ce général qui avait reçu l'ordre de se porter avec sa brigade jusqu'à Lintz et de se tenir
à cheval sur la route de Vienne, et qui, semblable à Don Quichotte, était réellement à cheval
au milieu du grand chemin, et y serait encore
si de nouveaux ordres ne lui avaient pas fait
mettre pied à terre.

Et ce colonel, commandant de place, qui
reçut l'ordre de redoubler de surveillance pour
n'être pas surpris par l'ennemi ; l'équinoxe
allant arriver, les nuits devenant plus longues,
il devait se tenir sur ses gardes, etc. Il fit la
revue de ses postes, de son artillerie, et quand
il fut certain que tout était en état, il s'écria :
« Qu'il vienne ce b... de général équinoxe, nous
lui f... des coups de canon. » Ces hommes-là
ont vaincu l'Europe ; d'ailleurs il n'est pas nécessaire d'en savoir tant pour se faire tuer.

Revenons au sergent Roussel ; c'était un bon
et digne homme ; il aimait à passer pour savant.
Lorsqu'il trouvait une pierre rare, il la mettait
dans son sac ; rencontrait-il au bivouac un livre,
une carte de géographie, un instrument de mathé-

matiques, car on trouve de tout au bivouac, il le fourrait dans son sac. Le brave Roussel était chargé comme un mulet, mais il se dédommageait en expliquant aux autres l'usage de toutes ces choses. Avions-nous besoin d'une plume, d'un crayon, d'un compas, d'une règle, nous étions surs de trouver tout cela dans le sac du sergent Roussel. Il avait même une longue lunette d'approche qui lui servait non seulement à regarder l'ennemi, mais encore à détailler aux autres la faiblesse des positions russes ou prussiennes, la manière dont il s'y prendrait pour les envelopper et finir la campagne dans un seul jour.

Quand il était de garde aux avant-postes, il ne se fiait qu'à lui pour tout voir. Perché sur une éminence avec sa lunette braquée, sa vue pénétrait dans les bivouacs ennemis; il y voyait de fort loin; mais un jour il n'y vit pas de près, car une douzaine de cavaliers fondirent sur lui sans qu'il s'en doutât, et le pauvre homme fut pris ainsi que son poste. Cette aventure nous rappela l'histoire de l'astrologue qui tomba dans un puits en voulant savoir ce qu'on fait dans la lune.

Le lieutenant Héméré était un drôle de corps ; il avait cinq pieds de haut tout au plus ; grand amateur de jouissances physiques, je crois qu'il est mort sans se douter qu'il pût en exister d'autres. Son plus grand... que dis-je ? son unique plaisir était de boire en fumant ; et pour varier, je me sers de son expression, il fumait en buvant. Déplorant un jour devant moi les privations qu'il endurait en campagne par le manque de vin, d'eau-de-vie et de tabac, son imagination lui rappela sur-le-champ des souvenirs heureux.

— « Oh que nous étions bien, me disait-il, dans les environs d'Anspach et d'Elwangen, où nous avons été cantonnés pendant six mois ! Nous avions du vin à discrétion le paysan fournissait tout ce qu'on lui demandait.

— S'il ne vous faut que du vin à discrétion pour vous rendre heureux, lui dis-je, il ne vous faut pas grand'chose.

— Et que diable voulez-vous de plus ? me

14

répondit-il; le matin après l'exercice, je déjeu-
nais en buvant mes deux bouteilles, ce qui m'en-
dormait tout de suite. Quand j'avais ronflé deux
ou trois heures, je prenais une troisième bouteille que j'avalais dans mon lit, et je me rendor-
mais jusqu'au dîner. Le soir une petite promenade, du vin chaud en rentrant, je me couchais
là-dessus, et je recommençais le lendemain.
Jamais je ne me suis tant amusé que dans les
environs d'Elwangen. »

M. Héméré était ferrailleur consommé. D'une
taille fort exiguë, il croyait toujours qu'on se
moquait de lui; le moindre sourire, le moindre
geste était mal interprété; demandant toujours
raison, il l'obtenait quelquefois... A force de
faire le taquin et de se fâcher pour des vétilles,
il trouva quelqu'un qui ne plaisantait guère.
Ce pauvre diable mourut en duel, la veille de
la bataille de Wagram.

L'exercice m'ennuyait passablement, mais je
concevais pourquoi, lorsqu'on le savait, il fallait le faire, soit pour le montrer aux autres,
soit pour ne pas l'oublier. Mais une chose que

je n'ai jamais pu digérer, une chose qui pour moi fut toujours désagréable le premier jour comme le dernier, c'est la parade. Comment concevoir en effet que des gens raisonnables soient obligés de se réunir tous les jours à midi sur la place publique, pour y voir défiler au pas ordinaire une cinquantaine de héros à trente-cinq centimes, qui partent de là pour se rendre au corps-de-garde qu'ils occuperont pendant vingt-quatre heures. Tout cela se fait avec un sérieux imperturbable ; j'ai connu des officiers qui regardaient défiler la parade avec une bonne foi vraiment admirable, à qui la parade était nécessaire comme le pain, qui toute la journée se seraient trouvés mal à l'aise s'ils n'avaient pas eu leur petite ou grande parade. Lorsque c'est fini, le colonel ou le général se retourne et vous dit: « Messieurs, rien de nouveau. » Chacun part de son côté jusqu'à l'heure de l'exercice.

Les dimanches, on rend la chose bien plus belle et surtout bien plus divertissante. On ajoute trois ou quatre compagnies qui défilent

comme si réellement elles étaient de garde, et
vous concevez le bel effet que cela produit. On
y met quelquefois tout le régiment, mais alors
il ne reste personne pour le voir passer.

Après l'exercice de la parade, on doit compter encore *la théorie* parmi les agréments du
métier. Cette théorie consiste à débiter chaque
jour une partie de *l'école du soldat, du peloton*
ou *du bataillon,* devant un chef qui vous in-
terroge. On voit de vieux officiers à moustaches grises, avec leurs trente ans de service,
balbutier leurs leçons comme de jeunes collé-
giens.

A la garnison, les cafés, les billards jouent
un grand rôle ; c'est là que l'officier éparpille
sa vie, gaspillant presque tout le temps qu'il ne
consacre pas au service militaire. Je dis presque, parce que les dames en réclament une
partie, et c'est celui qui certainement est le mieux
employé. Mais, parmi les officiers d'un régiment,
on en voit beaucoup qui dédaignent cette espèce
de jouissance. Faire la cour aux femmes leur
paraît chose pénible; ils préfèrent acheter l'a-

mour tout fait; chacun a son goût dans le monde.

Un de mes amis avait coutume d'écrire exactement ses dépenses de chaque jour. Lorsqu'il enregistrait certaines petites sommes destinées à ses plaisirs secrets, il employait toujours cette formule : Rafraîchissements... 4 francs ou 10 francs, suivant l'occurrence. Il se maria; dès ce moment cessèrent les dépenses secrètes. Un jour, il tomba malade : « Mon ami, lui dit sa femme, je connais la cause de ta maladie : j'ai vu dans ton livre de dépenses que tu te rafraîchissais beaucoup, étant garçon; depuis que nous sommes mariés, tu ne te rafraîchis plus. — Au contraire, répliqua le mari, c'est que je me rafraîchis trop. »

En France, un officier trouve souvent quelques difficultés pour se produire dans le monde; en Allemagne, la chose est très facile, surtout dans la belle saison. La bonne compagnie se réunit dans les jardins publics pour y passer l'après-midi. Les dames apportent leur ouvrage; on voit de tous côtés de petits groupes de femmes qui brodent, cousent, lisent, causent en prenant le café ; tout cela se fait au son de la musique, au milieu d'une atmosphère de fumée produite par les pipes que les galants de l'endroit ont toujours à la bouche. Du moment que vous connaissez un membre de l'une de ces réunions, vous êtes vite présenté dans les autres, et peu de jours après vous vous trouvez citoyen de la ville. Les Italiens font leurs visites le soir, au spectacle, d'une loge à l'autre ; les Allemands les font dans les jardins publics ; c'est là qu'on rencontre tout le monde, c'est là que se nouent les intrigues galantes, que l'on dénoue ensuite où l'on peut.

En Allemagne, on fume toujours ; on a sa pipe pour chaque instant de la journée. Un Allemand a des pipes de tous prix, de toutes qualités, qu'il offre aux étrangers suivant leur rang ou l'amitié qu'il a pour eux. Il a des pipes de parade pour fumer dans les jardins publics en faisant sa cour aux dames ; il en a d'autres pour fumer en robe de chambre ; enfin, un vrai fumeur allemand doit avoir un musée de pipes chez lui.

A Charlottembourg j'ai vu le plus singulier
des tableaux historiques ; il représente la première entrée du jeune Frédéric le Grand dans
la tabagie du roi son père. Les courtisans
fument, le roi fume, chacun a devant soi un
énorme pot de bière ; la scène se passe dans un
nuage de fumée. Le jeune prince, âgé de quinze
ans, s'avance avec timidité ; le roi lui présente
une pipe, le premier ministre offre le verre de
bière ; le voilà homme, le voilà tout à fait Allemand. Les Romains donnaient la robe virile ;
les Prussiens donnent la pipe. Les mœurs
changent avec le temps. Les courtisans applau-
dissent d'un air joyeux, chacun a l'air de chanter le *dignus est intrare.* Mais il faut voir ces
têtes carrées ! ces habits carrés ! l'auteur du
tableau devait être armé d'une équerre.

On se réunit au café en allant à la parade, à
l'exercice, ou lorsqu'on en revient. C'est là que
se débitent les nouvelles de l'armée, celles du
régiment, et les cancans de la caserne. On y
joue, on y boit, on y fume : un officier se trouve
toujours prêt à faire une partie de billard, à

fumer un cigare, à boire un petit verre. Le
petit verre est une chose que les jeunes gens
nouvellement revêtus de l'uniforme n'oseraient
pas refuser ; ils craindraient de passer pour des
damoiseaux. Boire la goutte, c'est une coutume
essentiellement militaire ; on se donne un air
vieux troupier lorsque, après avoir avalé le
sacré chien, rubis sur l'ongle, on débite quelque bon propos de beuverie.

Ces plaisirs, si plaisirs il y a, sont la suite du
désœuvrement et coûtent fort cher ; il n'est pas
rare de voir des officiers qui, de cette manière,
mangent d'avance leur mois d'appointements.
J'ai passé par là bien souvent ; ce que je rece-
vais ne suffisait pas pour solder mon compte
ouvert au café de la garnison.

Un sous-lieutenant de ma connaissance avait
été cantinier dans les premières campagnes de
la révolution, et pour ne pas déroger il avait
épousé Margot la cantinière. En recevant l'épaulette, il quitta le métier lucratif de donner à
boire aux autres, mais il conserva pour le
cabaret un goût très décidé. Tous les soirs,

l'homme et la femme s'en allaient bras dessus bras dessous, l'une en chapeau de velours à plumes, l'autre en uniforme, dans un mauvais bouchon ; et là, tout en buvant bouteille, ils chantaient à gorge déployée. Rien n'était plaisant comme de voir ces tendres époux brailler en chœur : *Aussitôt que la lumière*, et cela sans rire, avec un sérieux imperturbable. Chaque jour ils recommençaient, ils n'auraient pas pu s'endormir s'ils n'avaient point chanté leur romance à boire jusqu'au dernier couplet. Que le cabaret fût plein ou qu'ils fussent seuls, la chose allait son même train ; ils ne regardaient personne. Jouissant à leur manière, on peut dire que ces gens étaient fort heureux. Le bonheur ! il est partout où l'on croit le trouver.

Au temps jadis, lorsque le régiment de Champagne arrivait dans une ville, il posait un écriteau sur la porte du principal café. Sur cette enseigne, on lisait en grandes lettres : CAFÉ DE MESSIEURS LES OFFICIERS DU RÉGIMENT DE CHAMPAGNE. Tout homme *né* pouvait se faire servir sans payer. Cette dernière condition était de

rigueur. Lorsqu'un étranger ignorant les usages
de ces messieurs insistait pour solder son écot,
on lui répondait d'un ton superbe que les officiers du régiment de Champagne voulaient bien
offrir, mais ne daignaient pas recevoir. On se
fâchait quelquefois, et souvent ces querelles
ont été suivies de bons coups d'épée. Ces mœurs
aristocratiques étaient trop hautes pour notre
taille et pour nos bourses ; dans nos cafés plé-
béiens, chacun payait sa part, sauf les occasions
où l'on s'invitait réciproquement.

Quand nous arrivions dans une garnison,
notre première affaire était de chercher une
dame ou demoiselle près de laquelle nous pus-
sions passer notre temps. Aussitôt que nous
l'avions trouvée, notre esprit était en repos.
« Un tel a son pain quotidien, » c'est ainsi
qu'on désigne dans un régiment celui dont le
pied a rencontré chaussure à sa taille. Souvent
il arrivait que ce choix fait avec trop de préci-
pitation n'était pas définitif ; on s'éclairait, on
cherchait, on trouvait mieux et l'on finissait
par se caser convenablement. Quelquefois c'était

de l'amour, ordinairement c'était autre chose,
et rien ne fait couler le temps comme d'avoir
le cœur ou la tête occupés de cette manière.

Quelques semaines avant notre arrivée à
Posen, où nous avons tenu garnison pendant un
an, j'avais fait la connaissance d'une petite
femme, demi-dame, demi-grisette, pas trop
jolie, assez aimable, et bientôt elle eut quelques
bontés pour moi.

> J'en reçus des faveurs secrètes, mais honnêtes,
> Et j'étendis si loin mes petites conquêtes,
> Qu'en son quartier souvent je me glissais sans bruit,
> Pour causer avec elle une part de la nuit.

Je n'étais pas amoureux, mais c'était très
bon... faute de mieux, je pelotais en attendant
partie; j'allais donc la voir tous les soirs, un peu
de mystère ne gâtait rien. Je ne savais point
alors beaucoup d'allemand, elle était Prus-
sienne et n'entendait pas un mot de français, ce
qui n'empêchait point nos conversations d'être
fort suivies.

Un jour, en entrant au café, je vois que ma
présence excite l'hilarité de tous ces messieurs,

je demande pourquoi j'ai l'avantage de les faire rire ; l'un d'eux alors prend la parole pour tous, et le dialogue suivant s'établit entre nous :

— « Tu te caches bien, mais nous savons tout.

— Quoi ?

— Je t'ai vu.

— Quand ?

— Hier au soir.

— Où ?

— Tu sortais de chez la manchote.

— Qui ?

— Agathe, qui demeure près de la place.

— Je connais effectivement cette Agathe, mais elle n'est pas manchote.

— Bah ! et moi je suis sûr qu'elle n'a qu'un bras.

— Tu te trompes.

— C'est toi plutôt qui veux nous donner le change ; par amour-propre tu voudrais cacher que ta maîtresse est manchote.

— Nous avons sans doute raison tous les deux, à Posen il peut exister plusieurs Agathe.

— Non, je parle précisément de celle chez qui tu vas tous les soirs.

— Eh bien ! celle-là possède ses deux bras, je la connais depuis un mois et...

— Et tu ne t'es pas aperçu ?

— Que pouvais-je voir ?

— Ce qui n'existe pas ; il paraît que tu voyais double.

— Tu perds la tête.

— Veux-tu parier ?

— Tout ce que tu voudras, mais c'est te voler ton argent.

— Du punch à discrétion pour toutes les personnes présentes.

— C'est convenu ; si tu veux ce sera pour toute la Grande Armée, je ne risque pas grand'-chose.

— Eh bien ! va chez ta belle et prie-la de te serrer dans ses bras, si c'est possible. »

Certain d'avoir gagné mon pari, je m'absente un instant, et sans aller chez Agathe je rentre bientôt en disant que j'ai vu les deux bras.

— « C'est un peu fort ..

— Je ne vois rien d'extraordinaire à cela puisqu'ils existent.

— Viens-tu de chez ta belle ?

— Certainement.

— Nous en donnes-tu ta parole d'honneur ?

— Non.

— Vas-y donc et reviens tout de suite, car nous avons soif. En attendant on préparera le punch. »

Pour le coup je vais chez Agathe ; j'entre, elle lisait : je regarde et je n'aperçois qu'une main. Diable ! me dis-je, est-ce que ce serait possible ! Je commence à soupçonner la vérité ; je soulève le schall et je vois... que je ne vois rien à la place où je cherchais quelque chose, et que pendant un mois j'avais vu double ; jamais étonnement ne fut égal au mien. J'aurais parié des montagnes d'or, et je fus heureux d'en être quitte pour quelques bols de punch.

Quelquefois nos liaisons galantes se terminaient fort mal. Des querelles survenaient avec les parents, avec des rivaux ; on mettait flamberge au vent; chose désagréable, parce que le résultat quel qu'il soit, est toujours un souvenir pénible dans la vie d'un honnête homme. Et puis l'article des trahisons, des infidélités...

Notez bien qu'on n'est jamais quitté que par les femmes que l'on aime ; les autres s'acharnent à vous pour la vie d'une manière désespérante. Quand elles vous aiment....... elles vous aiment.., dit le comte Almaviva...

Parmi toutes les sottises que l'on débite à la journée, il en est une que j'entends répéter bien souvent et qui n'en est pas plus vraie pour être dans la bouche de tout le monde. On n'est amoureux, dit-on, qu'une fois dans sa vie ; il est possible que la règle existe : toutefois, chez les hommes, elle est sujette à des milliers d'exceptions.

> Quand je dis l'homme, entendez qu'en ceci,
> La femme doit être comprise aussi.

Mais c'est une rocambole obligée, on l'entend dire, on la répète et personne n'y croit.

Mon ami Rougé n'y croyait pas non plus, car il était toujours amoureux ; l'amour théorique ou pratique était devenu son état normal. Ce

petit roué de la régence, transplanté sous
l'empire, séduisait tout ce qu'il trouvait sur son
passage ; filles, femmes ou veuves, tout était
bon. Il les attaquait les unes après les autres et
souvent toutes à la fois. Il avait un protocole
de déclarations, et suivant la circonstance il
prenait le ton leste ou sentimental.

Il réussissait plus souvent qu'un autre, parce
qu'il possédait le don des larmes. Rougé pleu-
rait quand il le voulait, il se montait l'imagination à volonté, comme une pendule. Telle
femme se donnait à lui, parce que, le croyant
dominé par une grande passion, elle n'osait pas
risquer de le voir se brûler la cervelle à ses
pieds de désespoir, et Dieu sait s'il en avait
envie !

Le scélérat aimait à divulguer les faveurs
des dames. Je ne sais quel savant a dit qu'il ne
voudrait point de la science, s'il ne pouvait pas
la montrer ; Rougé ressemblait beaucoup à ce
savant. La plus belle femme n'avait de prix à
ses yeux qu'autant qu'il racontait ses tendres
entretiens avec elle. Mais pourquoi traiter ainsi

ce pauvre garçon, puisque nous faisions tous comme lui?

Nous étions une douzaine de mauvais sujets de la même étoffe. Nous avions fait une association qui fut la cause d'une aventure assez drôlette; je veux vous la raconter, car je n'ai point de secrets pour vous.

A notre passage à Dresde, le logement de Rougé donnait sur les fenêtres d'une jolie femme; il prend aussitôt des informations. La dame est une figurante du grand théâtre; un quart d'heure après Rougé sonnait à sa porte; il entre, et dit qu'on parle partout de la beauté, des talents, de l'amabilité de sa voisine; il eût été désespéré de quitter Dresde sans lui présenter ses hommages; il voit que tout ce qu'en publie la renommée est bien au-dessous de la vérité, etc., etc. La dame lui fait un gracieux accueil, et la conversation s'engage.

Rougé parle des châteaux de son père, de ses chevaux et de ses gens qui n'ont pas pu le suivre pour telle raison qu'il raconte avec force détails; bref, il se donne un air d'homme à cent mille livres de rentes. Le gaillard était joli garçon, il avait beaucoup d'esprit, et cependant il employait tous les moyens pour réussir. Il assurait qu'on ne devait négliger aucun avantage ; quand il partait le lendemain, il faisait marcher le corps de réserve avec les tirailleurs, car, disait-il, en amour comme en guerre on ne peut jamais avoir surabondance de forces.

La dame fut sensible aux grâces de mon ami ; cependant ma conscience d'historien m'oblige à dire que les cent mille livres de rente et quelques vingt louis qu'il fit voir comme échantillon eurent encore plus d'empire sur son tendre cœur. Quoi qu'il en soit, tout se passa fort bien.

Le surlendemain, au moment du départ, la figurante amena de fort loin la conversation sur les dépenses obligées d'une comédienne de troisième ordre, et sur la modicité des appointements pour y faire face. Rougé, voyant sur quel terrain on voulait le conduire, parlait d'autre chose, et s'extasiait sur la belle journée qui se préparait, et sur l'agrément de la route si le vent se maintenait au nord-est. La rusée commère revenait à la charge en parlant d'un mémoire de marchande de modes qu'elle devait acquitter sur-le-champ ; et crac ! Rougé la désarçonnait en lui faisant admirer la belle tenue des grenadiers qui se rendaient sur la place d'armes. La comédienne savait bien son rôle, mais elle avait affaire à l'homme le plus capable de lui tenir tête.

Elle entama le chapitre du propriétaire de la maison, homme avide (tous les propriétaires sont avides, à ce que disent les locataires), qui la tourmentait pour acquitter des loyers échus ; Rougé fit signe que les tambours battant le rappel dans la rue l'empêchaient d'entendre ; il prit son chapeau, son épée, en faisant ses adieux. Alors la dame, voyant que toutes ses périphrases ne la conduisaient pas à son but, s'exprima catégoriquement, et déclara qu'elle voulait être payée.

— « Payée ! s'écria Rougé ; payée ! fi donc ! je croirais vous faire injure.

— Pourquoi donc ?

— Parce que vos faveurs sont impayables, et qu'on n'offre de l'argent qu'à des femmes dignes de tous les mépris.

— N'importe, vous aurez de moi l'opinion qu'il vous plaira d'avoir, mais le besoin est au-dessus de tout.

— Voyons, ma chère amie, raisonnons un peu. Votre conduite avec moi n'a pas été logique ; je vous ai fait la cour, j'ai dépensé toutes les plus belles phrases de mon répertoire pour vous attendrir, et puisque j'ai payé de cette manière, je ne dois pas payer d'une autre.

— Mais je ne pouvais pas vous empêcher de me dire de jolies choses... D'ailleurs j'en étais flattée.

— Fort bien, mais si je vous donnais de l'or à présent, il y aurait double emploi. Il fallait m'arrêter au premier mot, il fallait me dire : « Monsieur, je suis fille publique. » J'aurais su ce que je devais faire.

— Vous avez donc cru que c'était pour vos beaux yeux que... ?

— Pourquoi pas ? ils ne sont pas mal, mes yeux, ils sont noirs, les vôtres sont bleus, cela dépend des goûts. Cependant si vous y tenez beaucoup, je vous paierai... Voyons... vingt louis suffisent-ils ?

— Certainement, et ma reconnaissance...

— Je voudrais bien te les donner... Tiens... les voilà, regarde... Mais, réflexion faite, je ne le puis pas... parce que...

— Quoi donc ?

— Parce que les femmes sont trop bavardes.

— Quel rapport peut-il exister... ?

— Écoute : je ne tiens pas à vingt louis de plus ou de moins (notez qu'il ne possédait que cela dans le monde) ; mais dans mon régiment nous avons fait un serment que je ne puis pas enfreindre, nous avons juré de ne jamais payer les femmes de ton espèce. L'officier qui serait convaincu d'avoir manqué sous aucun prétexte à ces statuts devrait verser une somme double à la caisse de l'association. Je ne tiendrais pas encore beaucoup à payer une amende aussi légère ; quarante louis de plus ou de moins ne sont pour moi qu'une bagatelle, mais je crains le ridicule ; on me plaisanterait, je me fâcherais, nous nous battrions ; j'ai la main malheureuse, et vois donc combien d'hommes morts pour vingt malheureux louis.

— Mais comment vos camarades le sauront-ils ?

— Comment ? parbleu ! tu le dirais partout. Les femmes sont si bavardes !... dans un instant le régiment entier le saurait.

— A qui pourrais-je le dire ? vous partez dans un quart d'heure.

— Eh ! mon Dieu ! tout finit par se savoir.

— Je vous jure sur l'honneur...

— Ma chère amie, vous me permettrez de ne pas croire à l'honneur d'une femme qui veut se faire payer. Vous ne tiendrez pas votre promesse, j'en suis certain ; je connais les femmes, elles sont trop bavardes. »

Rougé sortit, sa chère amie l'accompagna jusqu'à l'escalier. Peu de temps après, elle y rencontra deux officiers qui logeaient dans la même maison, et sur-le-champ elle résolut de se venger. La vengeance est le plaisir des dieux et des femmes. Notre comédienne, en essayant quelques minauderies, engagea ces messieurs à lier conversation avec elle.

— « Vous avez parmi vous un bien aimable jeune homme.

— Nous en avons beaucoup, madame, sans nous compter.

— Et sans doute en vous comptant. Mais je ne croyais pas que dans votre armée il existait des officiers très riches. M. Rougé, par exemple, s'est conduit ici comme un grand seigneur, il est charmant.

— Charmant, oui, mais grand seigneur, non.

— Je courais pour le remercier, lorsque je vous ai rencontrés.

— Remercier, de quoi ?

— D'un cadeau superbe qu'il a laissé sur la cheminée, avec un billet des plus aimables. Cinquante louis, une lettre charmante, la grâce qu'il a mise à tout cela, car la manière de donner vaut souvent mieux que ce que l'on donne.

« — Cinquante louis ! C'est bon, nous sommes bien aise de le savoir, il paiera l'amende.

— Quelle amende, dit-elle ? d'un air étonné.

— Ce serait trop long à vous l'expliquer, nous n'avons pas le temps, le régiment est sous les armes ; adieu. »

A l'arrivée de nos deux camarades, Rougé fut dénoncé devant le conseil des Douze. En s'entendant accuser d'avoir donné cinquante louis à la figurante, il fut d'abord muet d'étonnement. Bientôt il prouva par a plus b que jamais une somme aussi grande ne fût en sa possession, et qu'en vertu de l'axiome, *nemo dat quod non habet*, il n'avait pas pu donner ce qu'il n'avait pas. Pour pièces de conviction, il exhiba les vingt louis qu'il avait la veille, il n'en manquait pas un. Comme les sous-lieutenants savent toujours entre eux ce que contiennent les bourses de leurs camarades, et que d'ailleurs Rougé, par sa conduite antérieure, avait souvent donné des preuves de son respect pour nos statuts, il demeura prouvé que la comédienne était une bavarde, et qu'elle avait calomnié notre ami, dans l'intention de lui faire perdre la haute estime dont il jouissait près de nous.

Le régiment passa, tambour battant, sous les fenêtres de la dame, qui certainement aurait tué Rougé si ses beaux yeux eussent pu tuer quelqu'un. En galant chevalier, celui-ci la salua de son épée avec grâce, et tout en riant de cette pauvre fille, nous arrivâmes à Freyberg.

A chaque campagne, les balles et les boulets venaient quelquefois éclaircir nos rangs dans la société des Douze, mais les places étaient bientôt remplies.

... Primo avulso non deficit alter.

Les demandes affluaient de toutes parts à notre chancellerie, et le nombre des mauvais sujets se trouvait toujours au grand complet.

A la bataille de Ratisbonne, ce pauvre Rougé fut emporté par un boulet de canon.

Heu ! miserande puer, si qua fata aspera rumpas...

Ah ! les belles histoires que j'aurais à vous

raconter si ce boulet eût pris une autre direction !

Lorsque nous devions rester longtemps dans une garnison, nous avions deux grands moyens pour passer gaiement la vie. S'il existait une loge de francs-maçons, nous nous y présentions en masse, ou bien nous en formions une à nous tous seuls. Chacun sait qu'en travaillant au grand œuvre, les frères aiment à rire, à banqueter. Dans beaucoup de régiments, les officiers formaient une loge dont le colonel était le vénérable.

A Stettin, presque tous les profanes virent la lumière ; Français et Prussiens, nous étions les meilleurs amis du monde, sauf à nous tirer des coups de canon aussitôt que l'occasion s'en présenterait, ce qui n'a pas manqué d'arriver plus tard. Tous les quinze jours, on se réunissait, on ne parlait jamais politique, et tout se passait fort bien.

Après la franc-maçonnerie venait la comédie. C'est encore une bien jolie manière de passer le temps lorsqu'on est jeune. A Magdebourg,

la salle de spectacle de la ville était exploitée
par de mauvais comédiens allemands ; ils ne
voulurent point nous la céder, nous en fîmes
aussitôt une autre avec un magasin à fourrages.
La garnison était alors de vingt-cinq mille
hommes ; chaque officier laissait par mois un
jour de solde, pour subvenir aux frais d'éclairage, de costumes, de décorations. Bientôt notre
théâtre fut parfaitement organisé, machiné,
fourni de toutes pièces. Bien entendu qu'on ne
payait pas à la porte, et que nous étions toujours
applaudis. On distribuait des billets dans la ville,
nous avions chambrée complète, c'est-à-dire
tous les agréments du métier sans aucun des
inconvénients. Ajoutez encore que les femmes
d'officiers, de commissaires des guerres, d'employés aux vivres, qui jouaient avec nous, étaient
fort aimables.

L'orchestre, choisi dans les musiques de tous
les régiments, était parfait. On a joué certaines
pièces, à notre théâtre de Magdebourg, aussi
bien que sur les premiers théâtres de France.
Nous recevions toutes les nouveautés de Paris ;

sur-le-champ elles étaient à l'étude et jouées aussitôt qu'à Lyon, à Rouen, à Bordeaux. Les pauvres acteurs allemands ne purent pas soutenir la concurrence avec des comédiens qui jouaient gratis, et ils allèrent chercher fortune ailleurs.

A chaque représentation, une certaine quantité de billets étaient distribués aux soldats. Un de ces braves gens avait vu jouer deux fois l'*Habitant de la Guadeloupe* ; en sortant de la salle, il s'entretenait avec un de ses camarades. « Il faut, disait-il, que ces b... là soient bien « bêtes pour se laisser attraper ainsi deux fois « de suite par le même homme. Il y a trois « semaines, passe encore ; mais aujourd'hui, « s'ils l'avaient bien accueilli, le gaillard est « riche, la cadence du pouce aurait joué, les « *sit nomen* [1] seraient venus compléter leur « masse. Tiens, je ne suis qu'un soldat, mais « j'aurais eu plus d'esprit que mon capitaine,

---

[1] Les soldats appelaient ainsi les écus de six francs, à cause de l'exergue *sit nomen domini benedictum*.

« je me serais souvenu de la *frime* de l'autre
« jour. »

Un jour, un de nos jeunes acteurs fait lever
le rideau pour son compte personnel ; il salue
trois fois son public :

« Messieurs,

« On vient de m'abîmer une culotte de casimir blanc qui me coûte quarante francs ; on
m'a versé dessus toute l'huile d'un quinquet :
vous concevez facilement que cela m'a mis de
bien mauvaise humeur. Certainement cette idée
me tourmentera pendant que je dirai mon rôle ;
je réclame votre indulgence si je ne joue pas
aussi bien que de coutume. »

On trouve des gens à l'armée qui veulent
fourrer partout la subordination et la hiérarchie militaires. L'un prétendait au rôle d'Alceste
parce qu'il était chef de bataillon ; l'autre, à
celui de Scapin ou de Mascarille en sa qualité
de commissaire des guerres ; un capitaine de
grenadiers ne voulut jamais prendre le rôle de
Trissotin, parce qu'il aurait été traité de gredin
par Clitandre sans pouvoir en demander raison.

Ces prétentions étaient bien plus fortes chez les femmes de colonels ou de généraux. Elles exigeaient une espèce de subordination, des marques de respect de la part des autres femmes. Chacune avait un parti composé des officiers de *son* régiment ; souvent on en a vu qui, comme Achille, se retiraient dans leurs tentes, emmenant une foule de mécontents. Mais l'ennui les gagnait bientôt, des négociations diplomatiques s'entamaient, et la troupe dissidente revenait quelque temps après, avec deux ou trois pièces apprises dont elle enrichissait notre répertoire. Telle une poule que l'on a crue longtemps perdue reparaît un beau jour, escortée de sa jolie famille élevée incognito.

La femme d'un général que je ne nommerai pas avait été jadis actrice à Paris au théâtre Montansier ; devenue baronne de l'empire, elle se gardait bien de parler de son ancien état. Toutes ces dames, qui se moquaient des marquises du faubourg Saint-Germain, n'avaient d'autre souci que de les imiter. Celle-ci, bonne comédienne, était parvenue à faire comme elles, en se donnant de grands airs qui déplaisaient beaucoup aux dames-capitaines.

Cependant les malins racontaient bien bas comme quoi le général l'avait épousée, sa conduite avant le mariage, voire même après : mais la dame était aimable et jolie ; nous n'écoutions pas les mauvaises langues, les femmes seules triomphaient de ces indiscrétions. Elle voulut jouer le vaudeville, elle choisit ses rôles (une générale pouvait choisir) et les remplit à merveille. Le naturel l'emporta, elle prit le sceptre des répétitions ; l'envie de dominer s'empara de son cœur féminin, la baronnie fut oubliée, et dans l'espoir de commander en souveraine dans nos coulisses, elle avoua qu'ayant joué la comédie à Paris, personne mieux qu'elle ne pouvait diriger nos travaux. Dès lors tout ce que la générale perdit du côté de l'amour-propre, elle le gagna du côté de la puissance, et pour les femmes la compensation est toujours suffisante. Ce qu'elles préfèrent en tout temps, en tout lieu, c'est d'être maîtresses au logis ; lisez plutôt le conte de Voltaire.

Les Magdebourgeois, qui ne nous aimaient guère, étaient fort contents lorsque nous les invitions à nos représentations ; je crois que leur ville n'a jamais été plus brillante qu'à cette époque. Nous donnions aussi de fort jolis bals, et de tous les bals possibles ceux de garnison certainement sont les plus beaux. La variété des costumes militaires produit un effet charmant, surtout lorsqu'il y a des régiments de toute arme. Voyez un bal de Paris ; les femmes rivalisent entre elles pour l'élégance de leurs parures, elles étalent sur leurs robes les couleurs les plus belles et les plus variées ; l'or, la soie, la blonde, la gaze, tout y est prodigué ; les hommes, au contraire, vêtus de l'éternel habit noir, ont l'air de revenir d'un enterrement. Il faudrait cependant finir par adopter un costume différent pour des choses si différentes ; mais tant que les Anglais ne nous donneront pas l'exemple, nous n'oserons pas sortir de l'ornière.

XI

LES VISITES DE CORPS

Les visites de corps sont réellement une chose si divertissante pour les visiteurs et les visités, que ce serait dommage de ne pas leur consacrer un petit chapitre.

Quand un régiment voyage et qu'il a fait son étape, les soldats vont se reposer dans leurs logements, mais l'officier n'a pas fini sa journée. S'il est arrivé dans une grande ville, il doit pendant deux ou trois heures arpenter les rues pour visiter le préfet, le général, l'évêque, le maire ; ainsi le veut le règlement de 1791, ordonnance fort sage sans aucun doute, mais fort ennuyeuse pour ceux qui doivent l'exécuter.

Quelque temps qu'il fasse, il faut marcher ; on arrive, et le colonel porte la parole : « Monsieur le préfet, j'ai l'honneur de vous présenter le corps d'officiers de tel régiment ; je suis heureux, monsieur le préfet, que les ordres du ministre de la guerre, en m'envoyant dans votre ville (ou en me la faisant traverser), m'aient procuré l'avantage de connaître un administrateur aussi distingué. »

— Monsieur le colonel, je suis très flatté moi-même de faire connaissance avec les officiers d'un aussi beau régiment. (Les régiments sont toujours beaux.) J'étais à ma fenêtre quand vous êtes arrivés, j'ai trouvé vos compagnies de grenadiers superbes. (Les compagnies de grenadiers sont toujours superbes.) Vous avez eu bien mauvais temps aujourd'hui ? (Quelquefois M. le préfet disait que nous avions eu beau temps.)

— Oui, monsieur, mais les routes de votre département sont si belles, si bien entretenues ! (Le préfet saluait.)

— Vos compagnies de voltigeurs sont composées d'hommes moins grands, mais ils m'ont paru forts, vigoureux, propres, pleins d'ardeur. (Le colonel saluait.)

— Une chose qui m'a frappé dans les villages que nous avons traversés aujourd'hui, c'est l'air d'aisance, de bonheur de tous les habitants. (Le préfet saluait.)

— Quant à vos compagnies du centre, on ne croirait pas, en les voyant, que dans leur sein on a choisi les compagnies d'élite. (Le colonel saluait.)

— Nous avons vu, près de la route, des laboureurs aux larges épaules, jeunes, frais, pleins d'ardeur ; ils chantaient en travaillant.

— Ils se réjouissent de faire partie de la prochaine conscription ; ils ne demandent qu'à marcher. C'est une si belle carrière que la vôtre, messieurs, dans les temps de gloire où nous vivons.

— La vôtre, monsieur le préfet, n'est pas moins honorable.

— Dans quel département recrutez-vous ?

— Dans les Ardennes, le Finistère, le Calvados.

— Ces départements fournissent une belle espèce d'hommes. (La réponse était la même pour tous les départements.)

— Oui, monsieur, ils sont lents à s'accoutumer au service militaire, mais du moment qu'ils sont habitués...

— Ils vont bien, je le sais, votre régiment a fait ses preuves. (Tous les régiments ont fait leurs preuves.)

— Sous les ordres de Napoléon le Grand, ce n'est pas un mérite.

— Vous êtes heureux, messieurs, de le servir sur les champs de bataille ; si j'étais plus jeune, je marcherais avec vous. (Et le préfet, relevant la tête, tendant le jarret, mettait aussitôt la main sur son épée.)

— Si l'Empereur a besoin de bons soldats, les administrateurs éclairés et consciencieux lui sont tout aussi nécessaires. (Et le préfet saluait.)

— Travaillons tous ensemble pour la gloire du héros qui nous gouverne ; messieurs, nous tâcherons de vous imiter. »

Le colonel saluait, le préfet saluait, tout le monde saluait, c'était attendrissant. On allait ensuite chez les autres autorités, où la conversation subissait quelques variantes de détail. Avec le général, on parlait métier ; avec l'évêque, on causait de sa cathédrale qu'on voyait de fort loin, et qui paraissait être un superbe édifice, chose dont les colonels cherchaient rarement à s'assurer de près ; mais partout, les compagnies de grenadiers, celles de voltigeurs et la belle espèce d'hommes, revenaient sur le tapis. Tout cela se terminait quelquefois par des invitations à dîner qui procuraient une agréable diversion.

A propos de dîners, je ne dois pas oublier de vous dire un mot de ceux du maréchal Davoust. Ce brave général, parmi de hautes qualités militaires, avait un énorme défaut qui lui fit

bien des ennemis chez les gastronomes de
l'armée. Lorsqu'il nous invitait à dîner, c'était
une perfidie de sa part, non pas que ses repas
fussent sans façons, mais ils étaient d'une briè-
veté désespérante. On se mettait à table, et dix
minutes après il fallait se lever, parce que
l'amphitryon en donnait l'exemple. La première fois que j'eus l'honneur de siéger à la
table de M. le maréchal, j'y fus pris ; à peine
avais-je coupé mon pain et commencé l'intro-
duction des premières drôleries pour préparer
les voies, qu'on donna le signal de la retraite.

Mais, à la seconde invitation, tout changea
de face ; je manœuvrai promptement, mes
attaques furent vives ; tout ce qui se trouvait à
ma portée fut enlevé d'assaut. J'avais fini bien
avant les autres, et je disais à mes voisins
que le dîner me paraissait beaucoup trop long.

L'Empereur donnait à ses généraux des dotations, des gratifications, pour qu'ils fissent
beaucoup de dépense ; quelques-uns d'entre eux
en faisaient trop, mais la plupart péchaient par
l'excès contraire. Un soir, aux Tuileries, le géné-

ral L... arrive. Napoléon lui serre la main, et s'aperçoit que des gouttes d'eau brillent sur les broderies d'or. Il se retourne, et donne l'ordre au premier chambellan qu'il trouve sous sa main d'aller s'informer par quelle voiture le général est arrivé. Bientôt on vient lui dire qu'il est venu dans un fiacre; les chars numérotés n'entrant point dans la cour des Tuileries, le général a fait quelques pas à pied, ce qui explique la présence des gouttes de pluie.

Le lendemain, un chambellan arrive chez l'homme à l'habit mouillé.

— « L'Empereur me charge, monsieur, de vous offrir cette voiture, ces chevaux; c'est tout ce qu'on a trouvé de plus beau dans Paris. Le cocher, les laquais, sont payés pour un an. Voici la note des frais; ils vous seront retenus sur vos appointements. »

Le général Friant était non seulement un homme très brave, mais encore un très brave homme que tout le monde aimait. Quand nous lui faisions une visite de corps, il ne nous haranguait pas; il n'était point phraseur de sa nature,

il parlait peu, mais ce qu'il disait faisait toujours
impression, parce que cela partait du cœur. Sa
physionomie hâlée par le soleil d'Égypte, ses
yeux vifs et brillants, sa pose guerrière sans char-
latanerie, tout cela donnait à ses paroles un
mordant que beaucoup d'orateurs voudraient
ajouter à leurs figures de rhétorique. « Bonjour,
mes camarades ; quand on vous voit, on désire
une bataille ; avisez-vous donc de faire la paix
lorsqu'on a de tels régiments ! » Il le pensait.
Même lorsqu'il nous disait tout simplement :
« Entrez, messieurs, j'ai beaucoup de plaisir à
vous voir, » on s'apercevait qu'il disait vrai. Le
général Friant était un brave et digne homme :
jamais officier n'alla le voir avec crainte ; jamais
il n'en sortit mécontent. Ce que je dis des officiers peut s'appliquer aux sergents, aux caporaux, aux soldats. Cet homme avait le talent de
se faire aimer de tous. Ce talent est rare.

D'autres généraux avaient pris des habitudes
aristocratiques sentant d'une lieue le siècle de
Louis XIV ; dans les visites qu'on leur rendait,
on était reçu avec pompe ; vous eussiez dit une

présentation à Versailles au temps de la vieille monarchie. Quelques-uns même dédaignaient le titre de général pour se faire donner du *monseigneur* et de l'*excellence*. Turenne faisait plus de cas de son titre de vicomte, qu'il devait au hasard, que de celui de maréchal de France.

Il est surprenant que dans cette armée impériale, fille des armées de 1792, la transition ait été si courte entre la rudesse républicaine et la servilité. Les patriotes de la réquisition se façonnèrent bien vite aux mœurs de la vieille cour, et cela sans faire de l'opposition. Quittant leurs chaumières pour des châteaux, ils ne furent pas fâchés d'essayer du métier de *tyran*. Les premiers d'entre eux devinrent princes, ducs et comtes ; les seconds, barons et chevaliers. L'idée qu'on pût déroger en abandonnant le glorieux titre de citoyen ne vint chez personne. Ceux qui restaient *monsieur tout court* n'osèrent rien dire, parce qu'ils craignaient de retarder l'époque où le majorat en Westphalie les ferait entrer dans la caste privilégiée. Au reste, ces majorats étaient bien gagnés ; conquis l'épée à

la main, ils devenaient le prix du sang versé
dans toute l'Europe. Friant eut trois chevaux
tués sous lui à la bataille d'Austerlitz, il mit
trois têtes de cheval dans ses armes ; je ne connais pas de plus noble blason.

L'officier français, avec sa fierté, sa brillante
bravoure, est un peu courtisan. L'habitude qu'il
a de l'obéissance hiérarchique, jointe à la soif
d'avancement, lui donne ce ton flatteur avec les
uns dont parfois il se dédommage avec les autres.
A cette époque, une ligne écrite par le général
en chef devenait un grade nouveau, donnait un
majorat ; un nom glissé dans le bulletin créait
une réputation militaire et renfermait tout un
avenir.

Quand nous voyagions en Espagne, l'officier
commandant l'avant-garde faisait appeler l'alcade dans tous les villages qu'il traversait, et
lui donnait l'ordre de faire sonner les cloches à
l'arrivée du général en chef. Il avait appris sa
harangue par cœur en Espagnol, mais il n'en
savait pas davantage. Quelquefois l'alcade répondait : « *Puès, senor, que no aï campanas.* »

(Monsieur, il n'y a pas de cloches.) L'officier qui ne comprenait pas l'objection sans réplique continuait sa route en répétant : *Toca, toca las campanas*.

Pendant que nous étions à Posen, arrivèrent le roi, le reine de Saxe et la princesse Augusta, leur fille. Ils allaient à Varsovie visiter leurs nouveaux sujets du grand-duché. La garnison leur rendit les honneurs militaires ; il défila devant nous la plus nombreuse collection de vieilles voitures qu'on ait jamais vue nulle part. Je ne sais où ce bon prince avait trouvé tous les vieux bahuts qui le voituraient lui et sa suite. Certainement ils dataient de 1515, époque où fut fait le premier carrosse en Allemagne. Il fallait voir tous ces officiers de la cour, tout ce qui composait le *débotté* du roi, la tournure de ces gaillards-là, leurs habits et surtout leurs perruques terminées par une queue d'une aune de long. Tout ce qu'on voit de plus chargé dans ce genre sur les théâtres du boulevard serait encore loin de la vérité.

Puisque je vous ai parlé du général Friant,

je ne le quitterai point sans vous dire comment
il s'y prenait pour faire la police. Sa manière
sentait un peu le hussard, mais ce brave général avait un sens droit qui le conduisait mieux
à son but que tous les mystères de la diploma-
tie ancienne et moderne. Les juifs de la Pologne
sont, de tous les juifs, les juifs les moins chrétiens du monde. Sous le prétexte de vendre ou
d'acheter, il s'introduisaient chez les officiers
français ; quand par hasard ils ne rencontraient
personne, ils emportaient tout ce qu'ils trouvaient sous leur main. Par une belle nuit, ils
volèrent à Posen les chevaux et toute la garde-
robe d'un chef de bataillon de mon régiment.

Le lendemain, le général Friant fit amener
chez lui par des grenadiers les douze principaux
juifs de la ville ; à leur tête se trouvait M. le
Rabbin. Voici la harangue qui fut prononcée
dans cette circonstance solennelle ; j'étais présent, je la rapporte mot pour mot :

— « Messieurs, dit le général, vous êtes tous
des voleurs.

— Mais...

— Silence ! vous avez volé cette nuit les chevaux et les effets d'un officier ; voici la note exacte de ce que vous avez pris.

— Ce n'est pas nous, général.

— Silence ! si ce n'est pas vous, ce sont vos frères, mais c'est vous que je charge de tout retrouver. Pour y parvenir, je vais vous faire conduire en prison ; vous pourrez écrire à vos amis les voleurs ; vous prierez, vous ordonnerez, cela ne me regarde pas, mais il faut que tout se retrouve dans vingt-quatre heures ; tout, entendez-vous ? S'il manque la moindre chose, les juifs de Posen payeront une contribution de six mille francs, somme à laquelle j'évalue les objets volés.

— Mais... cependant...

— Silence ! pas un mot de plus, à demain la restitution, ou dix grenadiers à discrétion chez chacun de vous, jusqu'au payement des six mille francs. Sortez ! qu'on les mène en prison !

Pendant la nuit les chevaux furent amenés à la porte du chef de bataillon ; sur leur dos on trouva les habits, le linge : il ne manqua pas un mouchoir. Au lieu de ses vieilles épaulettes, l'officier en eut de toutes neuves ; apparemment que les autres avaient déjà passé par le creuset. Depuis ce moment les vols cessèrent, et la harangue du général Friant produisit d'excellents résultats.

Mais revenons à nos visites de corps : c'est surtout le premier janvier qu'on s'en donne à cœur joie ; pendant ce bienheureux jour, les amateurs peuvent goûter ce plaisir dans toute sa plénitude. Cela commence le matin de très bonne heure et dure jusqu'au soir. Si l'on est à Paris, on recommence encore le lendemain, ce qui n'en est que plus agréable.

Toutes ces visites se font hiérarchiquement de grade en grade ; le sous-lieutenant, après avoir reçu les compliments des sergents et des caporaux, les conduit chez le lieutenant, qui les mène chez le capitaine. Tous les trois se rendent ensuite auprès du chef de bataillon qui, suivi de sa couvée, va chez le colonel. Celui-ci part avec tout son monde pour aller chez le maréchal-decamp. Là, se trouve un autre corps d'officiers ;

on profite de l'occasion pour lui souhaiter la bonne année, et puis on va chez le lieutenant-général où l'on rencontre une autre brigade avec qui la cérémonie recommence. Vous concevez que la boule de neige augmentant toujours et ne diminuant jamais, doit finir par être très grosse, et voilà pourquoi les Parisiens sont tous ébaubis, lorsque, le premier janvier, une nuée d'officiers empêche la circulation des omnibus.

A chaque visite, on parle un peu métier pour ne pas en perdre l'habitude. Ce jour-là, les petites fautes sont pardonnées ; on ouvre la salle de police, mais comme on boit une effroyable quantité de gouttes, le lendemain elle se remplit de nouveau, ce qui fait compensation.

Chez les hauts personnages que nous allions voir en passant, les visites de corps se terminaient presque toujours par une invitation à dîner pour le lendemain, lorsque le régiment devait séjourner dans la ville. A Fulde, la moitié des officiers furent invités chez le prince

primat. C'était un homme de beaucoup d'esprit
et fort instruit ; petit, maigre, sa figure avait
quelque analogie avec celle du singe. Il nous
reçut en soutane violette, il était évêque. Monseigneur avait un fort joli sapajou, vêtu comme
un courtisan de Versailles, culotte à paillettes,
chapeau à plumes, habit brodé, l'épée, rien n'y
manquait. L'animal gambadait autour de son
maître, imitant les salutations qu'il voyait faire,
et les rendant à tout le monde.

Bientôt on annonce le dîner servi, l'évêque
nous invite à passer dans la salle à manger ;
chacun s'empresse d'obéir à ces douces paroles.
Tout le monde avait franchi la porte du salon,
l'évêque restait seul avec son singe et un officier
qui faisait des façons pour ne point passer le
premier.

— « Je vous en prie, monseigneur.

— Mais, monsieur, je suis chez moi.

— Je veux au moins laisser passer monsieur
votre fils. »

A ces mots, un éclat de rire, semblable à
l'explosion d'une poudrière, partit dans tous

les coins de la salle à manger ; l'évêque riait à
nous donner des inquiétudes, l'officier seul restait sérieux... Le brave homme ne comprenait
pas.

XII

LES REVUES

Lorsque l'Empereur donnait l'ordre pour une revue à midi, les généraux passaient l'inspection à onze heures, les colonels faisaient prendre les armes à leur régiment à dix heures. Les chefs de bataillon voulaient auparavant s'assurer si tout était bien, et commençaient à neuf heures; ainsi de suite, dans une proportion décroissante, jusqu'au caporal, qui mettait son escouade sur pied à cinq heures du matin. Toutes ces prises d'armes successives fatiguent plus le soldat français qu'un jour de combat. Il sait que la bataille

est nécessaire, il y va de bon cœur ; quant au
reste, il voit bien qu'il serait possible de l'en
dispenser.

Quand les troupes sont sur le terrain, combien de marches, de contremarches, pour que
chaque corps soit définitivement à sa place ! que
d'alignements pris et repris avant que l'Empereur arrive ! Enfin les tambours battent aux
champs sur toute la ligne : le voilà ! Son petit
chapeau, son frac vert de chasseur à cheval, le
distinguent au milieu de cette foule de princes
et de généraux brodés sur toutes les coutures.

On ne parle aujourd'hui que de l'amour des
soldats pour Napoléon, que des cris mille fois
répétés, retentissant toujours sur son passage ;
c'est peut-être bien mal à moi de démentir une
chose affirmée par tant de personnes illustres,
mais je dois dire et je dis que ces cris étaient fort
rares. On se battait bien à la grande armée,
mais on criait peu, tout en grognant beaucoup.

Nous étions au camp sous les murs de Tilsitt ;
on parlait de paix, d'entrevue des deux Empereurs, et nous allâmes nous promener sur les

bords du Niémen pour voir ce qui se passait. A
notre arrivée la conférence était finie, les deux
bateaux qui portaient les souverains marchaient
chacun vers la rive opposée. L'empereur
Alexandre toucha terre le premier ; il fut salué
par un hourra général de ses troupes. Napoléon
parut sur notre rivage. Talleyrand lui donna le
bras pour l'aider à débarquer. Pas un cri ne se
fit entendre parmi les soldats. Cependant quelques officiers prirent l'initiative. Nous dîmes
tous à nos voisins qu'il ne fallait pas que Napoléon fût moins bien reçu chez nous qu'Alexandre chez les Russes, et nous entendîmes par-ci
par-là quelques salves de *Vive l'Empereur !*

« Sa Majesté va venir, disait notre colonel au
« moment d'une revue : j'espère qu'on ne fera
« pas comme la dernière fois, et que vos soldats
« crieront *Vive l'Empereur !* C'est à vous, mes-
« sieurs, que je m'en prendrai si tout le monde
« ne crie pas franchement. » Nous retournions
à nos compagnies en paraphrasant la harangue
du colonel, et voici ce que nous entendions murmurer dans les rangs :

— « Qu'il me donne mon congé, je crierai tant qu'on voudra.

— Nous n'avons pas de pain ; quand je n'ai rien dans le ventre, je ne puis pas crier.

— J'étais parti pour six mois, et voilà vingt ans que je suis à l'armée ; je crierai quand on me renverra.

— Il nous est dû six mois de solde, pourquoi ne nous paye-t-il pas ?

— Tu ne le sais point ? je vais te le dire : c'est qu'en attendant tous ceux qu'il fait tuer sont payés, etc., etc. »

L'Empereur arrivait : le colonel et quelques officiers criaient à tue-tête, et le reste se taisait. Je n'ai vu les soldats crier franchement *Vive l'Empereur* qu'en 1814 et 1815, lorsqu'on leur a dit de crier *Vive le roi*. Je dois dire qu'alors ils se sont égosillés : pourquoi ? parce que le soldat est essentiellement frondeur, soit qu'il veuille de temps en temps se dédommager de son obéissance moutonnière, ou qu'il soit en secret envieux de ceux qui le commandent, comme un domestique l'est de son maître, et l'écolier de son régent.

Que de fois n'a-t-on pas imprimé que les soldats se battaient pour l'Empereur! c'est encore un protocole obligé que bien des gens ont dit et répété sans savoir pourquoi. Les soldats se battaient pour eux-mêmes, pour se défendre, parce qu'en France on n'hésite jamais lorsqu'on voit d'un côté le danger et de l'autre l'infamie. Ils se battaient parce qu'il était impossible de faire autrement, parce qu'il fallait se battre, parce qu'en arrivant à l'armée on en avait trouvé la mode établie, et que tout tendait à conserver cette bonne habitude. Ils se sont battus sous l'ancienne monarchie avec Turenne, Villars, et le maréchal de Saxe ; sous la république avec Hoche, Moreau, Kléber, et tant d'autres ; ils se battront toutes les fois que la patrie le leur demandera. Montrez-leur des Prussiens, des Russes ou des Autrichiens, et que ce soit Napoléon, Charles X ou Louis-Philippe qui les commande, soyez certain que les soldats français eront leur devoir.

Toutefois je sais bien que la présence de l'Empereur à l'armée produisait un grand effet. Tout le monde avait la plus aveugle confiance en lui ; on savait par expérience que ses plans amèneraient la victoire, aussi lorsqu'il arrivait nos forces étaient moralement doublées. Mais cette pérennité de combats et de batailles ennuyait beaucoup les vieux soldats, les vieux officiers, les vieux généraux ; on ne se gênait guère pour le dire, ce qui n'empêchait personne de faire son devoir lorsque l'occasion se présentait.

Sous l'empire, les soldats ne rêvaient que congé, paix, retour en France ; comme aujourd'hui ils ne rêvent que guerre, campagnes, bivouac, combats et batailles. Ils sont revenus en France, ils ont eu la paix et leur congé, qu'ont-ils fait? ils ont regretté l'ancien temps. Pourquoi? parce que le cœur de l'homme s'élance toujours au-devant d'un avenir qui, devenu le présent, déplaît par la raison qu'il n'est plus entouré de nuages. Quel bonheur, disaient-ils, si nous avions la paix! Ils disent

aujourd'hui : Quel bonheur si nous avions la
guerre ! Et puis, je le répète, les soldats sont
frondeurs ; plusieurs d'entre eux, tout en jouissant du repos de la vie civile, n'étaient pas
fâchés de paraître regretter le tumulte des
camps ; chacun savait bien que tous ces mur-
mures n'empêcheraient pas les choses d'aller
leur train, et l'on se donnait un petit air de
héros dans le voisinage. Cependant les litho-
graphes tapissaient les boulevards de Paris avec
des portraits de vieux soldats à grandes moustaches qui pleuraient en lisant le mot *congé*
sur une pancarte. Les badauds innombrables
de la capitale déploraient en prose élégiaque
le sort de nos braves guerriers qu'on renvoyait impitoyablement, comme si de tout
temps en France il n'existait pas toujours des
places de simple soldat à la disposition des
amateurs.

Les Français ont fait des prodiges de valeur,
et, pour me servir d'une expression de Napoléon, ils ont fait litière de gloire ; mais il ne
serait pas mal de le laisser dire aux autres, il

ne faudrait point chaque jour nous casser nous-mêmes le nez à coups d'encensoir.

Napoléon fut sans doute un très grand général ; ses campagnes d'Italie tiennent du prodige, car alors il n'avait pas à sa disposition les immenses ressources dont il usa plus tard. Les batailles de l'empire ont eu plus de retentissement, mais elles n'effaceront jamais la gloire des premières. Partout la victoire fut le résultat, dira-t-on. Fort bien, mais le mérite se mesure ordinairement sur la difficulté vaincue, et la gloire de Bonaparte ne sera jamais éclipsée par celle de Napoléon ; car les moyens de l'Empereur ont été les plus vastes dont jamais général ait disposé. Lorsque d'un pays comme la France on tire le dernier homme et le dernier écu, lorsqu'on ne rend compte à personne, il n'est pas étonnant qu'avec une tête bien organisée, on fasse de grandes choses, le contraire surprendrait davantage. Supposez Napoléon avec un gouvernement représentatif tel qu'il existe aujourd'hui chez nous ; probablement il aurait été bien vite arrêté dans sa marche victorieuse.

Car on lève par an 80,000 hommes ; mais les états, pour chaque département, sont publiés dans les journaux, et le total est exactement conforme au chiffre de la loi. Dans chaque département, on publie la répartition par cantons, et le tout, bien additionné, représente le total par département. Sous l'empire, quand on demandait ostensiblement 100,000 hommes, il en partait réellement 300,000 ; et chez tous les préfets, c'était un sujet perpétuel d'émulation pour arriver au conseil d'État, dont les places étaient au concours.

Or, qu'aurait fait Napoléon avec une pauvre petite conscription de 100,000 hommes, partis de France ? 80,000 auraient rejoint leurs drapeaux, la moitié, comme c'est l'habitude, serait entrée huit jours après dans les hôpitaux ; 40,000 seulement pouvaient être mis en ligne, et 40,000 hommes étaient bien peu de chose, dans un temps de si grande dépense. Ils auraient suffi pour défrayer une journée ; on pourrait même en citer qui coûtèrent plus cher.

A chaque revue, l'empereur nommait aux em-

plois vacants, il distribuait des croix de la
Légion d'honneur, des baronnies, des comtés,
des majorats. C'était pour les régiments une
bonne fortune que d'être passés en revue par
l'Empereur. Mais ce mode était souverainement
injuste ; je pourrais citer des régiments qui,
dans une campagne, ont vu quatre ou cinq fois
l'Empereur ; leurs officiers changeaient de
grade tous les mois, tandis que d'autres régiments, détachés à deux lieues plus loin, n'ont
rien obtenu de la munificence impériale.

Quelquefois Napoléon aimait à questionner
les officiers ; lorsqu'on répondait promptement,
sans hésitation, il paraissait fort satisfait. Après
la·bataille de Ratisbonne, il s'arrêta devant un
officier de mon régiment.

— « Combien d'hommes présents sous les
armes ?

— Sire, quatre-vingt-quatre.

— Combien de conscrits de l'année?

— Vingt-deux.

— Combien de soldats de quatre ans ?

—·Soixante-quinze.

— Combien de blessés hier ?

— Dix-huit.

— Et de tués ?

— Dix.

— A la baïonnette ?

— Oui, sire.

— Bien. »

Pour être tué régulièrement, il fallait l'être à la baïonnette ; un lâche peut mourir au loin, frappé d'une balle ou d'un boulet de canon ; celui qui meurt d'un coup de baïonnette est nécessairement un brave. L'Empereur avait une tendresse extrême pour ceux qui périssaient ainsi. Les questions continuèrent longtemps sur toute espèce de détails d'intérieur ; il n'écoutait pas les réponses, qui souvent ne cadraient point avec les chiffres précédents ; l'essentiel était de les faire promptes, et sans hésiter.

On a vu souvent l'Empereur détacher sa croix de la Légion d'honneur, pour la placer lui-même sur la poitrine d'un brave. Louis XIV aurait préalablement demandé si le brave était noble ; Napoléon demandait si le noble était brave. Un sergent qui, dans une bataille, avait fait des prodiges de valeur, fut amené devant Louis XIV. — « Je t'accorde une pension de 1,200 livres, dit le roi.

— Sire, je préférerais la croix de Saint-Louis.

— Je le crois bien, mais tu ne l'auras pas. »

Napoléon eût embrassé le sergent, Louis XIV lui tourna le dos. C'est la nuance bien tranchée qui sépare les deux époques.

Napoléon avait une tête superbe, des yeux d'où partaient des éclairs ; sa pose était noble et sévère. Cependant je vis un jour le grand homme dans les convulsions d'un rire inextinguible ; un empereur peut rire comme un autre homme ; les souverains seraient trop à plaindre si parfois ils n'avaient pas ces bonnes occasions de rire qui font tant de bien.

Voici le fait : nous étions à Courbevoie ; l'Empereur passait la revue d'un régiment de la jeune garde, renforcé tout nouvellement de nombreux conscrits. Sa Majesté questionnait ces jeunes gens.

— « Et toi, d'où es-tu ? dit-elle au voisin de

gauche d'un de mes amis, alors sous-lieutenant aujourd'hui receveur général (au lieu de coups de canon, il reçoit des écus, ce qui fait compensation suffisante).

— Sire, répondit le conscrit, je suis de Pézenas, et mon père, il a eu l'honneur de raser Votre Éminence, lorsqu'elle a passé par chez nous. »

A ces mots l'Empereur devint homme, le décorum fut oublié ; je ne crois pas que Napoléon ait jamais ri d'aussi bon cœur, même quand il était à l'école de Brienne. La revue se termina gaiement ; le rire est contagieux, le propos courut de rang en rang, de la droite à la gauche, tout le monde rit aux éclats ; et l'habitant de Pézenas était fier d'avoir rendu la revue aussi gaie.

Je logeais à Berlin chez le major Hansing, vieux militaire qui, de ses campagnes en Silésie avec Frédéric, n'avait rapporté qu'une modeste pension et la goutte. Comme admirateur du héros de la Prusse, le major était Prussien et demi ; nous discutions sans pouvoir nous entendre ; le sujet de nos conversations ordinaires était une hypothèse : « Que serait-il arrivé si Frédéric eût vécu du temps de Napoléon ? » Jamais thème plus vaste ne fut offert à la polémique. Chacun de nous prêchait pour son saint, et notre bavardage finissait comme finissent les discussions politiques ou religieuses : chacun gardait son opinion, car on ne convertit plus personne.

A Berlin, dans toute la Prusse, le nom de Frédéric II est en grande vénération ; partout on rencontre son portrait, dans les hôtels comme dans les chaumières. Vous le voyez à pied, à cheval, sur les murs des salons, des antichambres et des cuisines ; peint ou gravé, ciselé, coulé, frappé, fondu. Ce portrait décore les bijoux, les tabatières et les pipes. Je ne crois pas que l'image d'aucun homme ait été plus souvent reproduite. Du moment que nous la regardions, les yeux de notre hôte s'animaient ; il s'écriait toujours avec satisfaction : *Es ist mein alte guter Fritz*, « c'est mon bon vieux Frédéric ». Et puis il ajoutait entre ses dents : « Ah ! s'il était vivant, vous ne seriez pas ici. » —

« Ce n'est pas certain, » répondions-nous quelquefois.

Le bon major Hansing me racontait souvent des anecdotes sur le héros prussien, je regrette fort de les avoir oubliées. En voici cependant une que je retrouve dans un petit coin de ma mémoire.

L'immense popularité que Frédéric avait acquise dans son armée, il la devait encore plus à son charlatanisme qu'à son génie militaire. Quand il passait des revues, et il en passait souvent, on lui donnait une douzaine de notes relatives à divers officiers, sous-officiers et soldats. Sur un petit carré de papier qu'il tenait dans sa main, se trouvait le nom et la biographie d'un individu de son armée, le numéro du régiment, du bataillon, de la compagnie ; le roi savait à quel rang l'homme était placé, quelle place il occupait dans le rang. Frédéric, passant devant les troupes à l'amble de son cheval blanc, comptait les files ; arrivé devant son soldat, il s'arrêtait :

— « Bonjour, un tel, eh bien! tu sais la nouvelle, ta sœur est mariée ?

— Oui, sire.

— Hier, on me' l'a écrit de Breslau. Ce mariage m'a fait grand plaisir. Tu le manderas à ton père à la première occasion.

— Oui, sire.

— C'était un brave, ton père, un de mes vieux soldats de Molwitz ; tu lui diras dans ta lettre que je l'ai nommé concierge à Potsdam ; je n'oublie jamais les vieux soldats. »

Le roi continuait sa marche et s'arrêtait plus loin devant un officier ; il lui parlait d'un procès que sa famille venait de gagner, de la mort d'un parent qui laissait un riche héritage, etc. Frédéric entrait dans les plus petits détails d'intérieur. Plus loin, il reprochait de légères fredaines, quelques-uns recevaient des éloges ; à tous il parlait de petites choses, de petites particularités qu'eux seuls pouvaient savoir. Tous les soldats se croyaient connus du roi, chacun cherchait à s'attirer les regards de Frédéric, et tous criaient sur son passage : *Es lebe unser guter Fritz !* « Vive notre bon Frédéric ! » Chemin faisant, le grand homme disait à ses confidents : « Voilà cependant l'huile avec laquelle je graisse les rouages de ma machine ! »

Tous les souverains aiment à passer des revues ; Frédéric II envoyait des billets d'invitation, et chacun était placé bien ou mal, mais à l'endroit précis désigné par le roi. Napoléon ne cherchait pas tant de façon ; venait qui voulait, se plaçait qui pouvait. Certainement une des plus belles revues qu'on ait passées dans ce monde, c'est celle dont l'Empereur donna le spectacle à Tilsitt. Alexandre et Frédéric-Guillaume y figuraient à côté de Napoléon.

XIII

LA CASERNE

Le conscrit que le sort arrache au toit paternel part en pleurant; une fois à la caserne, il a
tout oublié. Craignant les plaisanteries de ses
camarades, il a bientôt séché ses larmes ; un ridicule, chez nous autres Français, effraie plus
qu'un coup d'épée. Quand le soldat novice est
toisé, numéroté, habillé de pied en cap, on le
prendrait de loin pour un héros d'Austerlitz.

Mais de près, c'est autre chose : sa tournure est
guindée, il ne sait que faire de ses bras, ses
jambes l'embarrassent, et Jean-Jean à la promenade a toujours une baguette en main pour lui
servir de contenance.

Cependant l'instructeur arrive ; c'est un caporal à moustaches ; beau parleur, dans l'intervalle de repos séparant les heures d'exercice, il
ne manque jamais de raconter au blanc-bec
tous les hauts faits qui jadis ont illustré son
nom. Le conscrit écoute, la bouche béante, et
ne comprend pas comment le caporal n'est
point encore devenu colonel. Ce peu d'avancement d'un homme tellement illustre le décou-
rage lui-même.

Le soldat est un homme qui possède ses douze
cents francs de rente, bien clairs et bien nets,
sans banqueroute, sans impositions, sans non-
valeurs. J'ai calculé ce que valent son logement, sa nourriture, ses vêtements, son chauf-
fage, son mobilier qu'il use toujours et qu'il ne
renouvelle jamais ; de tous mes chiffres, j'ai dé-
duit que bien des rentiers ne vivent pas à leur

aise, et surtout sans soucis, comme le soldat.
Est-il malade, ses médecins ordinaires, ses chi-
rurgiens en habit brodé se font un plaisir de le
soigner pour rien ; l'apothicaire fournit gratis
l'émétique et le quinquina ; les sangsues, arrivant à grands frais de la Hongrie, lui prodi-
guent leurs piqûres bienfaisantes, sous la surveillance de l'infirmier qui les place dans tous
les endroits indiqués par l'ordonnance.

Et puis, par-dessus tous ces avantages, comp-
tez encore les béatitudes du *sou de poche*. Le
sou de poche, arrivant sans cesse, disparais-
sant toujours ; mine féconde, inépuisable, qui
fournit à tous les plaisirs, depuis le verre d'eau-
de-vie, jusqu'à la pipe de tabac. Nouveau Juif-
Errant, le 'soldat trouve perpétuellement le
sou de poche au fond de son gousset.

Le soldat loge toujours dans la plus belle
maison de la ville. Allez à Saint-Denis, deman-
dez le plus bel hôtel, c'est la caserne. A Vincennes, les soldats habitent les appartements
de nos rois; à Avignon, ils sont installés dans
le palais des papes. Bien vêtu, bien chauffé,

bien couché, bien nourri, bien aéré, que manque-
t-il au soldat ? Voici ce qui lui manque :

> Chemin faisant, il vit le cou du chien pelé :
> Qu'est cela ? lui dit-il. — Rien. — Quoi, rien ! — Peu de
> chose.
>
> — Mais encor ? — Le collier dont je suis attaché
> De ce que vous voyez est peut-être la cause.

Ce collier, que l'on rive au cou du soldat, n'est
brisé que par le congé, délivré le dernier jour
du service, ou par un boulet de canon. Tout le
temps que le soldat passe au régiment est divisé
de cent manières différentes dont à peine une
seule lui appartient. S'il dort, le tambour le
réveille ; s'il veille, le tambour l'oblige à dormir. Le tambour le fait marcher ; il l'arrête, le
conduit à l'exercice, au combat, à la messe, à
la promenade. « J'ai faim. — Tu te trompes,
mon ami, le tambour n'a pas fait le roulement,
qui seul doit remuer les fibres de ton estomac.
La soupe ne peut point être prête, puisque le
tambour ne l'a pas dit. — Si seulement j'avais
du pain ! — Imbécile ! on n'a point battu la
breloque. »

Tous ces ordres du tambour, du caporal ou des officiers doivent toujours être exécutés sur-le-champ, sans observations, sans réplique. Lorsque l'horloger monte la pendule, elle marche sans demander pourquoi. Soldat ! te voilà pendule ; marche, tourne, halte, et surtout pas un mot.

— « Mais, capitaine...

— A la salle de police pour deux jours.

— Si vous vouliez m'écouter...

— Quatre jours.

— Cependant...

— Huit jours.

— C'est une injustice.

— En prison pour quinze jours. Si tu dis un mot de plus, gare le cachot et le conseil de guerre. »

C'est la justice sommaire du régiment, on s'y fait comme à toute autre chose ; dès qu'un jeune soldat a tâté de la salle de police, il établit une différence et plus tard il profite de la leçon. J'excepte toutefois les mauvais sujets, gens incorrigibles, commensaux de la prison, qui finissent par traîner le boulet ou par être fusillés.

Dans une discussion d'un supérieur avec un inférieur, le plus grand tort de celui-ci c'est d'avoir raison. A l'armée j'ai connu des officiers de beaucoup d'esprit, qui, faisant une totale abnégation d'eux-mêmes, se pliaient à tous les caprices, s'établissaient conseillers de hauts personnages, et ne laissaient jamais croire qu'ils avaient suggéré de bons avis. C'est la quintessence de l'art du courtisan, tout le monde ne peut pas arriver là.

Beaucoup de généraux voulaient jouer le rôle de princes.

Tout marquis veut avoir des pages.

L'uniforme des aides de camp était un frac bleu avec parements et collet bleu de ciel. Presque tous les domestiques des généraux étaient ainsi vêtus, il ne leur manquait que l'épaulette. On avait de cette manière une maison bien montée de serviteurs de tout grade : capitaine, lieutenant, valet de chambre, palefrenier, etc. Ces mœurs aristocratiques avaient remplacé la rudesse républicaine, sans transition nuancée. J'ai connu des aides de camp qui se prêtaient admirablement à toutes ces servitudes hiérarchiques ; ils passaient avant le valet de chambre, c'était suffisant pour eux. D'autre part, j'ai connu des généraux qui poussaient la réserve jusqu'au scrupule. Jamais ils n'auraient exigé des officiers sous leurs ordres un service qui ne fût pas dans le cercle des devoirs militaires.

J'arrive un jour avec le général P*** dans une maison inhabitée ; il pleuvait à verse, nos habits étaient traversés par la pluie ; nous allumons du feu, nous nous chauffons.

— « Asseyez-vous là, me dit le général.

— Pourquoi faire ?

— Je veux vous tirer vos bottes.

— C'est une plaisanterie.

— Non pas, donnez-moi votre pied.

— Général, je ne puis pas le souffrir.

— Vos bottes sont mouillées, vos pieds sont dans l'eau, vous vous enrhumeriez.

— Mais je les ôterai bien moi-même.

— Je veux vous les ôter. »

Bon gré, mal gré, le général me tira mes bottes ; mon étonnement était extrême ; quand il eut fini :

— « A mon tour, dit-il, un service en vaut un autre ; ôtez-moi mes bottes.

— Avec plaisir.

— Pour avoir le droit de vous le demander, je devais m'y prendre ainsi. »

Il ne faut pas croire que le soldat à la caserne mène une vie inoccupée ; ses devoirs s'enchaînent de telle manière, qu'il ne se délasse qu'en changeant de travail. Les corvées pour la propreté générale du bâtiment et des cours, le nettoyage de ses armes et de ses vêtements, l'exercice, la garde à monter, tout cela se succède périodiquement, pour que le soldat ne soit jamais longtemps sans rien faire.

Dans les casernes on lit beaucoup dans les moments perdus, les romans bien noirs y sont en grande faveur. On voit toujours un cabinet de lecture près de l'endroit où loge un régiment. Entrez, vous reconnaîtrez facilement les livres à succès par la couche épaisse de noir qui sert de couverture. J'étais un jour près de la dame du comptoir ; survient un jeune conscrit la baguette à la main.

— « Avez-vous *Robert*, chef de brigands ?

— Non, monsieur, c'est en lecture.

— Avez-vous *Rinaldo Rinaldini ?*

— Non, monsieur, vos camarades le lisent.

— Avez-vous... mais je ne sais pas les titres, cherchez-moi quelque autre livre de brigandage. »

On se réunit cinq ou six pour le même abonnement, quelquefois l'escouade entière, et le plus malin fait la lecture tout haut. C'est plaisir de voir tous ces dignes troupiers écoutant, la bouche béante, les merveilleux récits de Cartouche, de Mandrin ou de La Ramée. Non que les soldats éprouvent pour les voleurs une espèce de sympathie ; mais la vie aventureuse de ces derniers a quelque rapport avec les épisodes, les dangers de la carrière de la gloire. Ils aiment mieux lire l'histoire des voleurs que des héros, ils savent ces derniers par cœur, ils ont appris toutes nos campagnes, tous nos coups

de sabre, sans bourse délier. Dans chaque chambrée on trouve toujours un ancien qui a tout
vu, et qui ne perd jamais l'occasion de raconter
ses prouesses. Dans chaque compagnie il existe
un homme de cette espèce, dont l'influence morale sur ses camarades est très étendue. C'est
lui qui contrôle toutes les opérations du capitaine. « Dans mon ancien régiment, dit-il tou-
« jours, on ne faisait pas ainsi. » Son ancien
régiment, c'est son cheval de bataille, c'est
l'exemple que chacun doit suivre. Lorsqu'il
changera de corps, celui qu'il quittera devien-
dra modèle à son tour, car il ne peut en citer
deux, et le dernier sera toujours le meilleur.

XIV

LES PRISONNIERS DE GUERRE

Parmi les nations civilisées, la nôtre est celle qui traite le mieux les prisonniers de guerre. En France, un ennemi désarmé n'est plus un ennemi ; non seulement le gouvernement s'en occupe, mais encore les particuliers lui procurent tous les secours qui sont en leur pouvoir. Lorsque des colonnes de prisonniers de guerre traversaient la France, on voyait dans chaque ville des personnes charitables faire des quêtes en leur faveur. Toute l'Europe est là pour attester cette vérité, car nous avons eu chez nous des prisonniers de toute l'Europe.

Certes, on était bien loin de nous rendre la pareille chez l'étranger. En Russie, nos malheureux compagnons d'armes ont été conduits en Sibérie, où Dieu sait ce qu'ils ont enduré. Non seulement ils eurent à souffrir, en Angleterre, des rigueurs du gouvernement, mais les particuliers eux-mêmes les traitaient en ennemis : la haine de nation à nation était devenue une haine d'homme à homme. Le peuple qui poussa la barbarie le plus loin, c'est sans contredit le peuple espagnol. Lorsque nos malheureux prisonniers n'ont pas été pendus, ils ont traversé l'Espagne au milieu de toutes les avanies : ils ont souffert la faim, la soif; assaillis chaque jour à coups de pierres, couverts de boue, ceux qui résistèrent à tant d'infâmes traitements furent enfermés dans l'île de Cabrera ! dans les pontons de Cadix ! Je n'ai connu ces malheurs que par des récits; ils prouvent qu'un homme peut souffrir bien des misères sans mourir, et qu'une grande ressemblance existe entre les vieux chrétiens de l'Espagne et les anthropophages de la mer du Sud.

Pendant notre séjour à Posen, il passa dans cette ville une colonne de prisonniers russes que Napoléon renvoyait à l'Empereur Alexandre, armés, habillés, équipés à neuf, et organisés en régiments. Bonaparte, quelques années avant, avait fait une semblable galanterie à Paul Ier, en lui rendant ainsi les prisonniers faits par Masséna dans la campagne de Suisse. Nos soldats étaient furieux de leur voir des habits neufs de très beau drap, tandis qu'eux n'en avaient que de vieux qu'on ne songeait point à renouveler. On voulait faire la cour à l'Empereur de Russie, et nos prisonniers rentrant de la Sibérie, déguenillés, le bâton à la main, se croisaient avec ces superbes colonnes armées de fusils français.

Tout officier prisonnier de guerre était laissé sur les contrôles pour mémoire; son tour d'avancement passait, on ne s'occupait plus de lui. L'Empereur ne faisait attention qu'aux hommes présents; on peut dire qu'aucun souverain ne traita mieux les

19

prisonniers ennemis et plus mal ceux de son
armée; il semblait vouloir les punir de s'être
laissé prendre, comme si jamais un corps avait
été fait prisonnier par la faute du soldat ou du
simple officier. Les régiments faisaient toujours
leur devoir; lorsqu'ils ont été pris en entier ou
bien en partie, c'est qu'on ne les avait pas
soutenus, ou qu'on avait exigé d'eux une tâche
au-dessus du possible [1]. La faute en était toujours soit aux circonstances, soit au commandant en chef quel qu'il fût, empereur, maréchal
ou général. Comme ces messieurs accaparent
pour eux seuls toute la gloire d'une campagne,
il est bien juste aussi de les rendre responsables
des bévues qu'ils font de temps en temps;
suum cuique. Leur part est assez bonne d'ailleurs, puisque la bravoure du soldat et de l'officier, lorsqu'elle est couronnée par le succès,

---

[1] Le mot *impossible* n'est pas français, disait je ne
sais plus quel maréchal de France. La repartie est charmante dans un vaudeville. Cent fois les acteurs l'ont
répétée à la grande satisfaction, aux applaudissements
frénétiques des chevaliers du lustre, ce qui prouve seulement que ces chevaliers sont des imbéciles.

retourne au profit du général en chef dont elle augmente la renommée. Nos soldats sont braves au-dessus de toute expression; chaque fois qu'on demandait cent hommes de bonne volonté, mille sortaient des rangs. La grande affaire des officiers était toujours de les retenir, ils allaient toujours trop vite. Je n'en dirai pas davantage, l'Europe les a vus. Tout ce qu'on écrira ne saurait augmenter ni diminuer leur gloire. L'histoire de tant de hauts faits, sculptée dans la pierre, coulée en bronze, durera plus que la colonne Vendôme et que l'Arc-de-Triomphe. *Monumentum œre perennius.*

Frédéric II connaissait bien notre armée; lorsque le prince Ferdinand de Brunswick remplaça le duc de Cumberland après la bataille de Hastembeck, gagnée par le maréchal d'Estrées en 1757, il lui dit : « Mon cousin, vous allez combattre les Français; il vous sera facile de vaincre leurs généraux, mais les soldats jamais. »

Quelquefois il arrivait que les individus des deux armées se prêtaient mutuellement assistance dans l'adversité; car enfin, des soldats

qui se battent se tuent sans se haïr. Pendant
un armistice, souvent nous visitions les cantonnements ennemis, et quoique prêts à nous égor-
ger au premier signal, nous n'en étions pas
moins disposés à nous rendre service si l'occasion s'en présentait.

Avant la campagne d'Autriche, en 1809, l'armée française occupait la principauté de Bay-
reuth ; l'armée autrichienne était cantonnée sur
les frontières de la Bohême. La guerre n'était
pas encore déclarée, mais chacun savait qu'on
n'attendait plus que le retour du printemps.
Nous allions visiter les officiers autrichiens dans
les environs d'Egra, ces messieurs nous rendaient
nos visites ; on dînait ensemble, le vin de Champagne n'était pas épargné, tout se passait fort
bien. Au moment où l'armée se mit en mouvement, un rendez-vous eut lieu, nous jurâmes tous
sur la flamme bleuâtre d'un bol de punch de
nous rendre mutuellement tous les services
possibles, si quelques-uns d'entre nous devenaient prisonniers de guerre. Chacun prit sur
on carnet le nom et l'adresse de tous les amis

ennemis, et nous nous séparâmes. Ce serment fut tenu scrupuleusement de part et d'autre. Quinze jours après, on livra la bataille de Ratisbonne, des deux côtés on fit des prisonniers parmi les membres de l'association ; ils furent bien recommandés dans les villes d'Autriche et de France qu'ils devaient traverser, dans celles qu'ils devaient habiter ; des secours en argent leur furent fournis, chacun boursilla pour remplir cette dette d'honneur, et les individus adoucirent ainsi les maux causés par les gouvernements.

XV

EXÉCUTION MILITAIRE

Les lois militaires sont très sévères, elles doivent l'être, sans cela comment un général pourrait-il se faire obéir par cent mille hommes, qui tous, en particulier, sont aussi forts que lui? Un simple délit, qui dans la vie civile occasionne au coupable quelques jours de prison infligés par le tribunal de police correctionnelle, entraîne la peine de mort chez le soldat. La moindre voie de fait envers un supérieur, la moindre chose volée en pays ennemi tue un

homme. Ce dernier cas ne se punissait que par
boutades. Pendant quinze jours ou trois semaines on laissait les soldats marauder à leur
aise, parce qu'on n'avait pas de vivres à distribuer; arrivait-il quelques fourgons de pain ou
de biscuit, aussitôt un ordre du jour défendait
toute espèce de pillage, le premier pauvre diable
surpris en flagrant délit payait pour tout le
monde. J'ai bien vu de ces petits voleurs fusillés
pour une chemise, une paire de bottes, dérobées
chez un paysan ; mais jamais grand voleur à
larges combinaisons financières ne fut puni de
la peine la plus légère. Quelquefois l'Empereur
leur faisait rendre gorge, mais on ne les fusil-
lait pas.

Les exécutions militaires étaient pour le menu
fretin. Les lois ressemblent aux toiles d'araignée : les moucherons s'y prennent, les bour-
dons passent à travers. La veille de la bataille
de Wagram, douze employés aux vivres furent
pris en flagrant délit, vendant les rations de la
garde impériale ; quelques heures après ils
étaient passés par les armes.

« — J'espère que cet exemple ne sera pas perdu pour vous, disais-je à certain rizpainsel [1] de ma connaissance, la leçon est bonne, prenez garde à vous.

— Bah ! me répondit-il ; à la dernière bataille n'avez-vous pas vu mourir plusieurs de vos amis ?

— Oui, quel rapport... ?

— Cela vous empêchera-t-il de vous battre demain ?

— Quelle différence !

— Je n'en vois aucune.

— Tant pis pour vous. »

Ces dignes employés aux vivres étaient réellement les chanoines de l'armée. Pendant que la partie militaire se battait ou bivouaquait dans la boue, ces messieurs se pavanaient dans les villes voisines, faisant la cour aux dames, tout en emmagasinant les farines fournies par les réquisitions. Probablement il leur en restait quelque chose entre les mains, car en général

---

[1] Les soldats donnaient ce nom aux employés des vivres, parce que ceux-ci leur distribuaient le riz, le pain et le sel ; on les appelait aussi *céleri*.

ils étaient cousus d'or dont ils ne savaient que faire. Vous connaissez le proverbe sur l'embarras des richesses ; j'en ai bien souvent reconnu la vérité chez quelques-uns de ces messieurs. Envoyer leur argent en France par la poste, ce n'était possible que pour une petite quantité. Si la somme avait été trop forte, on aurait fait des réflexions, des conjectures ; le ministre de la guerre, en calculant qu'avec 100 louis d'appointements on ne peut pas économiser 10,000 francs chaque année, aurait destitué le voleur. Ils n'osaient pas laisser le magot dans leur logement, car enfin des portes peuvent être ouvertes ou forcées ; le garder toujours sur soi c'est pénible, incommode. Pauvres malheureux ! ils prenaient tous ce dernier parti. J'en ai vu dont la ceinture avait un poids énorme, dont les habits étaient une cuirasse d'or placée entre le drap et la doublure.

Différents en cela des usuriers de Paris, qui font souscrire aux jeunes gens des billets d'une somme double de celle qu'ils leur donnent, les employés offraient aux officiers dont les parents étaient riches une prime de 30 à 40 pour 100 sur un billet ; ils faisaient la banque au rabais. Des officiers de ma connaissance ont reçu 1,500 francs en or pour une lettre de change de 1,000 francs payable dans six mois en France. L'essentiel pour messieurs les employés était de mettre leur fortune à couvert ; cette prime n'avait pour eux aucune importance réelle, dans trois jours il n'y paraissait plus.

C'était une bonne fortune pour les soldats lorsqu'ils trouvaient un rizpainsel dans une position fâcheuse ; s'il traversait la colonne, les quolibets de toute espèce pleuvaient sur lui comme grêle. J'en ai vu qui ne savaient où se fourrer pour éviter ce déluge de plaisanteries ; quelques-uns prenaient le parti d'en rire, et c'était le plus court, car on ne peut pas se fâcher contre un régiment.

Celui-là n'était certainement pas un sot qui le premier imagina de mettre la gloire dans le métier des armes ; sans ce véhicule, personne au monde n'en voudrait ; c'est même assez étonnant qu'on en veuille à ce prix.

En voyant tant de braves soldats s'échiner
mutuellement pour rien, je me disais quelquefois : C'est cependant une chose bien singulière
chez l'homme, que ce mépris de la vie dans
certaines circonstances. Pourquoi donc ces
gens-là, qui hier ont grogné, pesté, juré, en
exécutant un ordre fort simple, dont les consé-
quences étaient tout au plus de faire une ou
deux lieues mal à propos, ne grognent-ils pas
aujourd'hui qu'il s'agit de jouer sa vie à pair ou
non ? Parce qu'on a placé le déshonneur fort
loin de la grognerie et tout près de la lâcheté.

Qui donc s'est avisé le premier de poser ces
limites ? C'est l'homme le plus fort au coup de
poing : il a battu les autres, il a voulu qu'on
l'honorât. — Il est très agréable d'être honoré,
se sont dit les autres ; nous avons été battus,
battons nos voisins, et forçons-les à leur tour
de nous porter respect.

Lorsqu'on se bat pendant la nuit, on ne fait
jamais beaucoup de besogne ; d'abord, parce
qu'on n'y voit point, et puis parce qu'on n'est
pas vu. Croyez-vous que le brave Bianchelli,

qui monta le premier à l'assaut de Taragone, aurait déployé tant de bravoure, s'il n'avait pas été certain d'attirer sur lui les regards de toute une armée ?

Un régiment est en marche : on cause, on rit tout haut, on chante la romance gaillarde, c'est un feu roulant de lazzi. Un aide de camp survient, il parle au colonel, qui donne l'ordre de s'arrêter et de charger les armes. Bientôt on se remet en marche, les plaisanteries ont cessé, personne ne dit plus rien ; chacun fait ses réflexions *in petto* sur ce qui va se passer : voilà l'homme seul avec lui-même. L'ennemi se présente, tout le monde crie en avant ; tout le monde veut s'élancer au pas de course : voilà l'homme. Tu veux faire cela ? et moi aussi ; tu veux courir ? eh bien ! j'arriverai avant toi ; mais si tu voulais rester assis je ne demanderais pas mieux que de me coucher.

Je disais donc que les moucherons se prennent dans les toiles d'araignée. Lors de la retraite de Portugal, le général D... fit fusiller un pauvre diable pour avoir mangé une grappe de raisin !

Quelle horreur ! diront les uns ; c'est impossible ! diront les autres. A cela je réponds : C'est vrai ; bien plus, c'était juste. La dysenterie désolait l'armée, les soldats mouraient par douzaines. Il fut défendu sous peine de mort de manger du raisin, ce fruit étant seul la cause de cette maladie. Le premier soldat qui fut surpris en flagrant délit paya pour tous les autres. Le conseil de guerre s'assembla sur la route ; un quart d'heure après le pauvre diable n'existait plus.

Qu'arriva-t-il ? on ne mangea plus de raisin, la santé revint à tous ; pour un seul homme mort, plusieurs milliers furent sauvés ; le général en chef eut raison. Les Romains disaient dans les grandes occasions : *Caveant consules.* Que D... eût le droit de donner cet ordre, ou qu'il ne l'eût pas, n'importe ; cette énorme sévérité fut approuvée de tous, car elle sauva peut-être la moitié de l'armée. Si de beaux messieurs à grandes phrases eussent été là, certainement le champ était vaste pour déployer leur faconde ; ils auraient obtenu la grâce du pauvre diable, ils auraient tué le corps en

épargnant un membre. La mort du mangeur de
raisins était une nécessité pour tous ; il fallait
que tout le monde vit bien que l'ordre du jour
n'était point une vaine menace ; du moment
qu'on en fut persuadé, l'effet cessa par la cessa-
tion de la cause.

Si l'on avait été aussi prompt à faire exécuter
les lois envers les grands voleurs, la guerre
d'Espagne n'aurait pas duré si longtemps. Que
de saints d'or et d'argent, que de ciboires et de
calices furent transformés en lingots, pour être
ensuite échangés contre des hôtels à Paris ! Que
de diamants et de rubis, après avoir orné pendant des siècles les cérémonies pompeuses et
poétiques de l'Église catholique romaine, ont
été tout étonnés de se retrouver sur la gorge
nue d'une danseuse de l'Opéra !

Les magnifiques tableaux qui décoraient les
églises de l'Espagne ont presque tous pris le
chemin de la France ; ils ornent aujourd'hui
les galeries des heureux de notre capitale. De
mon temps on n'en voyait plus guère, on nous
montrait la place vide que remplissait une

ignoble serge noire ; il ne restait plus que de mauvaises croûtes d'*autodafé*, peintes par les barbouilleurs de l'inquisition.

Si l'on avait fait fusiller quelques-uns de nos amateurs des beaux-arts qui les protégeaient si bien dans leurs fourgons par une bonne escorte, la guerre ne fût point devenue nationale ; mais il aurait fallu que bien des gens se fisent fusiller eux-mêmes.

Ces dilapidations ont été la cause de la guerre à mort que nous faisaient les Espagnols ; des milliers de soldats ont été pendus, parce que certaines personnes avaient pillé les églises et les couvents. Les prêtres, les moines, se voyant enlever dans un jour ce qu'ils avaient amassé pendant plusieurs siècles, excitèrent partout le peuple à l'insurrection ; ils en firent le plus saint des devoirs, ils vouèrent aux flammes éternelles ceux qui ne s'armeraient pas contre l'ennemi commun, et promirent toutes les joies du paradis à ceux qui mourraient les armes à la main. Dans un pays où l'homme qui porte le froc ou la soutane est toujours cru sur sa parole, une pareille croisade, prêchée le crucifix dans une main et le poignard dans l'autre, devait amener les plus épouvantables résultats ; et les prodiges du siège de Sarragosse n'ont plus rien qui doive surprendre.

Mais ce que j'ai toujours désapprouvé, ce qui fut toujours une grande affliction pour moi, c'était la sévérité que l'on mettait à punir le pillage un jour après l'avoir tacitement autorisé pendant un mois. Du moment que l'ordre était lancé, gare à l'homme qui ne s'y conformait pas, le lendemain il n'existait plus.

Dans la campagne de Bautzen, un voltigeur de mon régiment fut exécuté militairement pour avoir volé le tablier noir d'une femme pour s'en faire une cravate.

Manger l'herbe d'autrui, quel crime abominable !

Les officiers de sa compagnie prièrent, supplièrent le général P... de surseoir à l'exécution pour faire une demande en grâce auprès de l'Empereur ; tout fut inutile, le pauvre diable eut la tête cassée. Pendant que les troupes arri-

vaient sur le terrain pour assister à l'exécution,
des soldats prirent un petit levraut. Le général
s'approcha, demanda l'animal.

— Oh ! qu'il est joli, oh ! qu'il est gentil ! ce
serait dommage de le tuer, il est trop jeune. »

Pour empêcher que le petit levraut ne fût tré-
pigné par les soldats, le général partit au galop,
déposa l'animal en lieu de sûreté, et puis il revint
tranquillement faire fusiller son voltigeur.

C'est un terrible spectacle que celui d'une
exécution militaire. Je n'ai jamais vu d'exécution
civile, je ne connais la guillotine que par les gra-
vures ; mais bien souvent mon devoir m'a cloué
vis-à-vis un malheureux qu'on allait fusiller.
J'ignore quel était l'état de son pouls, mais certainement il ne battait pas plus fort que le mien.

Les troupes forment un carré qui n'a que
trois faces ; la quatrième est vide, elle doit servir de passage aux balles. On déploie exprès un
grand appareil militaire, et certes on a raison,
car, puisqu'on fait un exemple terrible, il faut
au moins le rendre utile à ceux qui restent.
Arrive le condamné qu'un prêtre accompagne ;

soudain tous les tambours battent aux champs jusqu'à ce que le patient soit au centre des troupes. Alors ils battent un ban [1]. Le capitaine rapporteur lit le jugement, les tambours ferment le ban, on fait mettre l'homme à genoux, on lui bande les yeux, et douze caporaux commandés par un adjudant sous-officier font feu sur le malheureux qui se trouve à dix pas devant eux.

C'est le cœur oppressé que je décris ces horreurs ; de tristes souvenirs viennent m'assiéger ; les pauvres malheureux que j'ai vus à genoux dans cet instant fatal m'apparaissent tous comme des fantômes ; et cependant, à toutes ces exécutions, lorsqu'elles avaient lieu près d'une ville, quelques belles dames de l'endroit ne manquaient pas d'y venir. Avec leurs nerfs si délicats, elles briguaient une bonne place pour bien voir, et puis le lendemain elles se trouvaient mal si l'on tuait un poulet en leur présence.

Quand le jugement est exécuté, toutes les troupes défilent devant ce cadavre ; chacun

[1] On appelle ban une certaine batterie de tambours, qui précède et suit une proclamation quelconque.

rentre dans sa chambrée, on en parle trois
jours, et bientôt on n'y pense plus.

J'ai vu plusieurs de ces malheureux qui sont
morts avec un sang-froid admirable.

J'en ai vu qui haranguaient le régiment, qui
commandaient le feu, sans qu'aucune syllabe
dénotât chez eux la moindre émotion. Mais
l'homme qui, dans ce cas, montra le plus étonnant courage, c'est Malet. Conduit à la plaine
de Grenelle avec treize de ses complices, il demande comme chef des conjurés, la permission
de commander le feu.

— Portez... armes! crie-t-il d'une voix de ton-
nerre. Ça ne vaut rien, nous allons recommencer. L'arme au bras tout le monde ! — Portez... armes ! Bien. A la bonne heure. Peloton...
armes ! Joue. Feu... Tous tombèrent, excepté
Malet, qui resta seul debout. — Et moi donc,
s.... n.. d. D.... Le peloton de réserve en avant!
Bien. Portez... armes ! Peloton... armes ! Joue.
Feu...

XVI

LA RETRAITE

« — Vous n'avez jamais eu l'envie de vous faire soldat? disais-je un jour à l'abbé Barberi, qui le premier m'initia dans les mystères de la déclinaison et de la conjugaison, dans la gaie science du participe, et dans les riantes combinaisons du gérondif et du supin.

— Oh ! certainement, je l'ai eue, et quoique vieux je l'aurais bien encore si je pouvais choisir mon emploi.

— Et quel est celui que vous préféreriez ?

— Franchement, j'ai toujours désiré le grade
de général de division en retraite. »

Pendant les trente années qu'un officier
passe au service, il pense tous les jours à l'époque
où, recevant sa retraite, il pourra, libre de tout
devoir, agir à sa fantaisie, planter ses choux
ou les faire planter. Lorsque l'heure a sonné,
quand il est installé dans sa petite ville, ordinairement il s'ennuie. Sa vie était coupée chaque
jour par des événements, par des épisodes;
elle va couler dans une effrayante uniformité.
Heureux s'il a choisi pour sa résidence une ville
de garnison. Dans ce cas, l'heure de la parade,
l'arrivée d'un régiment, une grande manœuvre,
sont pour lui des bonnes fortunes qu'il ne
manque jamais.

L'officier en retraite, dans son habit bourgeois,
a toujours quelque chose qui sent le régiment.
Sa cravate noire laisse voir un passepoil blanc;
son gilet porte des boutons à numéro, il a souvent un pantalon d'uniforme, et chez lui on le
trouve toujours en bonnet de police; sa robe
de chambre est un vieux frac raccourci de six

pouces. Il ne dit pas : « Je vais faire ma toilette, » mais : « Je vais me mettre en tenue. » S'il conduit sa femme pour voir la manœuvre, car l'officier en retraite est essentiellement marié, son attention est absorbée par les commandements ; il voit les fautes et les indique à ses voisins. Si l'on se dispose à faire un changement de front, il ne manque pas de dire : — « Otons-nous de là, ma bonne, ils vont venir par ici. »

Donnez un rendez-vous à l'officier en retraite, il arrivera toujours le premier ; l'exactitude militaire ne s'oublie jamais. Il ne dira pas : « J'irai vous voir après midi, » mais « après la parade. » Les mots parade, exercice, manœuvre, sont incrustés dans son cerveau. Pour lui, son régiment était le premier de l'armée. Mettez-le sur ce chapitre, et vous en entendrez de belles. Cet esprit de corps qui réunit deux mille hommes autour d'un même drapeau prend sa source dans les plus nobles sentiments, peut-être s'y glisse-t-il une légère dose d'amour-propre ; au reste, sans amour-propre que ferait-on ?

L'officier compte souvent ses années de service, ses campagnes, ses blessures ; il connaît par cœur la loi sur les retraites et le tableau qui la suit. Il calcule toujours à quelle époque arrivera le nouveau grade si longtemps attendu, grade qui doit nécessairement augmenter le tarif relativement à lui. Laborie n'avait pas d'autre occupation pendant toute la journée, sa tête travaillant toujours à faire des additions, pour connaître exactement le total que donnerait l'argent qu'il avait en poche joint à celui des appointements arriérés. Le tout formait un capital qui, bien placé, devait augmenter le revenu de la future retraite. Chaque jour il aurait pu dire, à deux heures près, le temps qu'il devait rester encore au service.

Le jour que nous commencions un nouveau mois, Laborie me demandait le quantième plus tôt que de coutume ; il triomphait d'ajouter les 114 francs qui lui seraient dus le 30 à tout ce qu'il avait. Mon brave lieutenant n'aimait pas les mois de 31 jours, il avait une tendresse particulière pour le mois de février, surtout lorsque l'année n'était pas bissextile.

— Quand j'aurai ma retraite, j'irai dans la Bretagne : on y vit à bon compte, et l'on trouve du gibier, disait l'un. — J'irai dans la Bourgogne, on y boit du bon vin, disait l'autre. — Et moi dans la Provence, le temps est toujours beau malgré le mistral, ou peut-être à cause du mistral. « Quelques boulets de canon dérangeaient souvent tous ces beaux projets, ce qui n'empêchait pas les officiers qui restaient de faire le lendemain de nouveaux châteaux en Espagne.

Au camp de Tilsitt je logeais avec Laborie dans la même baraque. Seul avec lui, j'avais l'habitude de chanter de temps en temps, mais à voix basse et pour ma satisfaction personnelle.

Un jour on venait de vendre aux enchères les bagages de quelques officiers tués pendant la campagne. Parmi ces effets se trouvait une flûte, Laborie se la fit adjuger. Tous ses camarades lui demandèrent en riant ce qu'il prétendait faire d'un instrument dont il ne savait pas se servir, s'il voulait apprendre la musique, etc.

— « Suivez-moi tous, leur dit-il, et nous allons
rire. »

J'étais couché sur mon lit, je lisais en attendant l'heure de l'exercice, lorsque je vois entrer
Laborie escorté d'une trentaine d'officiers de
tous grades. La baraque ne pouvant les conte-
nir tous, force fut à la moitié de rester à la
porte. Je me lève aussitôt, cherchant à comprendre le motif d'une aussi nombreuse visite,
lorsque Laborie, se plaçant au milieu de tous,
fit cette superbe harangue : — « Messieurs, dit-il,
je suis curieux de savoir si mon sous-lieutenant,
qui m'appelle Gascon assez souvent, ne l'est pas,
lui, un peu plus que moi. Nous allons voir ce
que tu sais faire, continua-t-il en me présentant
la flûte, tu chantes toujours quand nous
sommes ensemble dans la baraque, tu veux que
je te croie bon musicien... Eh bien! *si tu l'es,
fais aller ça.*

— Je ne vous ai jamais dit que je savais la
musique, ni que je jouais de la flûte.

— J'en étais sûr! s'écria Laborie d'un air de
triomphe; chaque fois que tu voudras chanter

je te présenterai la flûte; elle me coûte trente francs, mais elle me coûterait dix louis que je ne les regretterais pas! »

Dans la carrière de la gloire on gagne bien des choses : la goutte et des rubans, une pension et des rhumatismes. Ouf! ma jambe, le temps va changer. Aïe! mon bras, le baromètre baisse. Et puis, les pieds gelés, un membre de moins, une balle qui s'est logée entre deux os et que le chirurgien n'a pu retirer. Que dis-je, une balle, deux balles, dix balles! j'ai connu de braves soldats dont la peau ressemblait à une écumoire et qui portaient dans eux-mêmes du plomb en suffisante quantité pour aller à la chasse un jour d'ouverture. Que de hasards dans ce monde!... les uns étaient blessés toutes les fois qu'ils allaient au feu, d'autres revenaient toujours sains et saufs.

Tous ces bivouacs par la pluie et la neige, toutes ces privations, toutes ces fatigues éprouvées dans la jeunesse, on les paye en devenant vieux, lorsqu'on a pris sa retraite. Par la raison qu'on a souffert jadis, il faut souffrir davantage, ce qui ne me parait pas bien juste. Les appointements sont moins forts; mais en compensation les besoins sont doublés.

Quelquefois l'officier en retraite utilise ses loisirs par un travail honorable ; dans ce cas, il passe du strict nécessaire à l'honnête aisance. Les vieux troupiers sont en nombre dans les comptoirs des négociants, dans les bureaux des ministères. L'exactitude à remplir leurs nouveaux devoirs est pour eux une nouvelle consigne tout aussi bien exécutée que celle du corps de garde. L'officier en retraite fait tout en conscience; il est en général bon mari, bon père, un peu brusque, un peu bourru, mais brave homme.

S'il en est qui travaillent pour passer leur temps et pour augmenter leur revenu, il en existe beaucoup qui ne font rien et ne veulent rien faire. Ceux-là s'ennuient du matin au soir, ils vont rôder autour des casernes, et bien souvent ils seraient tentés de demander la permission de commander une pause d'exercice. Tel un boutiquier, retiré du commerce, ne sait plus quoi devenir du moment qu'il ne cause plus avec la pratique.

D'autres se retirent à la campagne ; ils soignent leur jardin et chassent tant qu'ils peuvent ; ils ont raison, ce n'est pas moi qui les blâmerai. J'en ai connu qui n'auraient accepté d'emploi de personne à aucun prix. Après une obéissance de trente années, ils se délectent dans cette douce pensée qu'ils sont leur maître; que pour aller, venir, manger, dormir, ils n'ont plus de permission à demander, et qu'ils sont libres d'agir en tout suivant leur propre volonté.

Un capitaine de cavalerie, sur le point d'obtenir sa retraite, fit une singulière proposition au plus vieux trompette de son régiment.

— « Mon ami, lui dit-il, je vais me retirer à la campagne ; je possède une petite maison, quelques arpents de terre et ma pension ; avec tout cela, j'espère vivre à mon aise. Si tu veux m'accompagner, nous planterons des choux et nous les mangerons ensemble.

— Si je le veux ! je crois bien que je le veux.

— Eh bien, je vais te faire obtenir ton congé, mais j'y mets une condition.

— Laquelle ?

— Tu feras à la campagne, chez moi, le même service qu'au régiment. Tu sonneras le réveil, l'appel, le pansage, l'exercice, la parade, etc.

— Capitaine, je sonnerai tout ce que vous voudrez. »

Nos gens partent, arrivent, et s'installent dans une modeste habitation où le capitaine était enchanté d'être son maître et de pouvoir disposer de son temps à sa fantaisie. A certaines heures, le trompette, après avoir fait résonner l'instrument guerrier, arrivait tout essoufflé dans la chambre de l'officier.

— « Eh bien, qu'est-ce ?

— Capitaine, le régiment monte à cheval.

— Il a raison le régiment, à sa place je ferais comme lui ; à ma place, il ferait comme moi, je me moque du régiment. »

Ce brave capitaine ne disait pas précisément : « Je me moque, » il se servait d'une expression plus colorée, mais je n'ose pas l'employer ici.

Ces dignes officiers de cavalerie... ils jurent toujours. Nous autres fantassins, nous sommes infiniment plus réservés. Le capitaine se levait tard, quelquefois il ne se levait pas du tout. Il fumait sa pipe, regardait pousser les choux, et riait sous cape en entendant le trompette recommencer périodiquement ses harmonieux *solos*.

— « Eh bien, qu'est-ce ?

— Mon capitaine, grande manœuvre aujourd'hui.

— Je m'en moque.

— Temps superbe.

— Tant mieux, mon ami, je m'en moque.

— Parade.

— Bon !

— Pansage.

— Excellent.

— Inspection.

— De mieux en mieux.

— Exercice à pied.

— Après ?

— Exercice à cheval.

— Je m'y attendais.

— Et puis demain la revue du maréchal.

— A la bonne heure, parbleu, j'en étais sûr !
Et là-dessus, il partait d'un éclat de rire.

— Eh bien, tu diras que je m'en moque… et
je vais me coucher. »

Quant à moi, lecteur bénévole, pour vous remercier de la patience que vous avez eue de me
suivre à travers tous mes bavardages, je vous
dirai tout bas que je ressemble un peu à ce digne capitaine. Je n'ai point de trompette à mes
ordres, ce dont j'enrage bien souvent ; mais, par
une heureuse compensation, les choux que je
plante poussent à Chenevières-sur-Marne. Du
haut de ce village, j'ai la satisfaction d'entendre
les tambours, les trompettes et même le canon
de Vincennes. Allons, courage ! mes amis, leur
dis-je quelquefois, tapez, sonnez, tirez, tonnez,
je m'en moque, et je vais me coucher.

TABLE

www.ingramcontent.com/pod-product-compliance
Lightning Source LLC
Chambersburg PA
CBHW070211030726
47505CB00006B/1642

* 9 7 8 2 0 1 3 7 1 4 7 7 8 *